아무튼,
여행

아무튼, 여행

해남 · 강진 · 완도 · 보길도 · 진도

ⓒ 이성연, 2025

초판 1쇄 발행 2025년 1월 1일

지은이   이성연
펴낸이   이기봉
편집   좋은땅 편집팀
펴낸곳   도서출판 좋은땅
주소   서울특별시 마포구 양화로12길 26 지월드빌딩 (서교동 395-7)
전화   02)374-8616~7
팩스   02)374-8614
이메일   gworldbook@naver.com
홈페이지 www.g-world.co.kr

ISBN   979-11-388-3893-1 (03810)

제대로 살피지 못한
국토박물관 답사기

동재(東才) 이성연
지음

아무튼, 여행

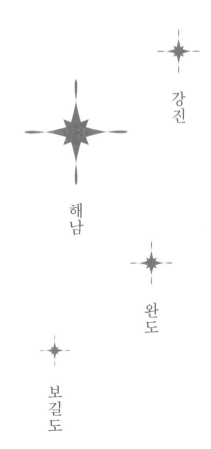

강진

해남

진도

완도

보길도

Anyway, Travel

좋은땅

우리나라 국토는 거대한 역사박물관이자 자연사 박물관입니다. 인간이 거주하기 시작한 구석기 시대부터 옛 선조들이 살아왔던 터전이자 유구한 역사가 곳곳에 숨 쉬고 있는 문화의 보고(寶庫)입니다. 영겁의 시간이 켜켜이 쌓인 국토는 곳곳에 역사·문화 및 자연사 박물관을 만들어 놓았습니다. 문화유산을 답사하고 국토의 자연을 돌아보는 시간은 내게는 정서적인 안정감을 주는 즐거운 취미이자 이곳에서 태어나고 성장한 사람으로서 당연히 해야 하는 일로 여겨 왔습니다. 여행은 나를 찾아가는 여정임과 동시에 영혼을 맑게 해 주는 소중한 행위임을 말씀드리고 싶습니다.

영혼이 맑아진다는 것은 곧 영혼의 성장을 뜻하며 이는 곧 성품으로 나타나는 법입니다. 좋은 성품을 만들려면 좋은 책을 읽고 좋은 스승과 친구를 만나는 것도 중요하지만 여행과 더불어 자주 자연을 찾는 것만큼 큰 영향을 주는 것은 없다고 할 것입니다. 학창 시절의 수학여행도 결국은 좋은 품성과 인성을 길러 주기 위한 자연스러운 방편이었다고 생각합니다. 우리 옛 선조들도 시간이 주어지면 가능한 자연을 벗 삼아 자신을 돌아보고 삶의 정도(正道)를 찾고자 애쓴 것은 자연이라는 스승을 대신할 만한 것은 없다고 판단하지 않았나 싶습니다.

　마음이 이끄는 대로 국토의 구석구석을 찾아 각 고장마다 간직하고 있는 자연과 문화유산 그리고 그곳에 깃들어 사는 사람들의 삶의 이야기를 담아 전하고 싶습니다. 우리나라는 평생 둘러보아도 다 보지 못할 만큼 깊고도 넓습니다. 작지만 큰 나라의 이미지를 가지고 있는 것은 곳곳에 숨어 있는 오묘한 자연이 한몫을 톡톡히 하고 있다고 해도 과언이 아닙니다. 여행을 통해서 깨달은 것이 있습니다. 여행은 인문학이자 삶을 성찰하는 도구라는 것입니다. 여행을 통해서 그것을 알게 되면 삶에 새로운 지평이 열린다고 감히 말씀드리고 싶습니다.

　아는 만큼 보인다는 말처럼 여행도 어느 정도는 방문하는 곳에 대한 정보를 미리 알고 떠난다면 여행의 흥미가 배가 될 것입니다. 그런 차원에서 이 책이 읽는 분들께 조금이나마 도움이 되었으면 하는 바람입니다. 우선은 서울, 수도권에서 쉽게 다가가기 어려운 남도의 주요 고장을 찾아 느끼고 경험한 내용을 글로 엮어 세상에 내놓게 되었습니다. 졸필이지만 독자 분들에게 조금이나마 이 책이 도움이 되신다면 제게는 더없는 영광이 아닐까 합니다.

목 차

프롤로그
004

1. 윤선도의 고장, 해남
007

2. 인문답사 1번지, 강진
085

3. 아름다운 생명의 섬을 찾아서(완도, 보길도, 진도)
141

에필로그
235

1

윤선도의 고장, 해남

고산(孤山) 윤선도 유적지

인문 답사 1번지 강진, 해남은 서로 우열을 가릴 수 없는 고장이다. 비옥한 평야와 풍요로운 바다 그리고 평화로운 들녘에 적당한 긴장감을 불어넣어 주고 있는 아름다운 산들은 서로 대비되면서도 절묘한 조화가 돋보였다. 인물로 보면 강진에 다산 정약용이 있다면 해남에 고산 윤선도가 있다. 사찰로는 강진이 자랑하는 국보사찰인 무위사와 다산과 혜장 스님의 이야기가 전해지는 백련사가 있다면 해남에는 아름다운 절 미황사와 최고의 숲길을 자랑하는 천년 고찰 대흥사가 있다.

원림으로 강진에 백운동 원림이 있다면 해남에는 금쇄동, 수정동 원림(지금은 터만 남아 있어 전체를 가늠할 수 없다)과 보길도의 부용동 원림은 한국의 전통 원림 문화의 극치를 보여 주고 있다. 강진의 진산 주작산, 덕룡산은 해남의 두륜산, 달마산과 서로 자웅을 겨룰 정도로 아름다움을 자랑하며 서로 각 고장의 맹주임을 자랑하고 있다. 가히 우열을 가릴 수 없는 용호상박(龍虎相搏)의 고장이 아닌가 싶다.

강진과 해남은 서로 이웃해 있으면서 서로를 보듬어 주고 있는 형국이다. 강진, 해남을 둘러보며 느낀 점은 한국 문화의 깊이와 품격이 말과 글로 다 표현할 수 없을 정도로 대단하다는 것이었다. 오랜 세월의 더께 속에 만들어진 문화의 힘이 우리들 유전자 속에 각인되어 있다는 것과 그런 힘이 오늘의 대한민국을 만든 원천이 아닐까 했다.

　문화의 힘을 유독 강조한 김구 선생의 안목이 탁월했다. 수천 년 전부터 지금까지 계승되어 오고 있는 한국 문화의 모든 것을 제대로 느끼고 알려면 1백 년도 못 사는 우리 개인에게는 어림없는 일로 느껴졌다. 살아 있는 동안 틈틈이 익히고 배우면서 찬란한 문화를 지닌 나라의 국민으로서 자긍심을 가지고 이를 인류 공영에 조금이나마 보탬이 되는 방향으로 살아가는 것으로 만족하면 좋지 않을까 싶다.

　고산 윤선도 유적지가 자리 잡은 터가 안온했다. 해남 윤씨의 터전이자 요람으로 불러도 어색하지 않았다. 고산 윤선도 유물 전시관의 전시 내용이 대단했다. 국보와 보물을 비롯해 지금 당장 보물로 지정한다 해도 문제가 되지 않을 만큼 전시된 회화그림 하나하나가 모두 돋보였다. 해남 윤씨 600년의 변천사를 보면서 해남은 해남 윤씨를 논하지 않고는 이야기할 수 없다는 것을 알았다. 그만큼 대단했다. 고산 윤선도가 노년에 살았던 녹우당 고택은 해남 윤씨 종택이라고 불러도 될 만큼 독보적이었다.

(2021.10)

고산 윤선도 유적지 안내도

녹우당(綠雨堂)

녹우당 고택 뒷산인 덕음산은 녹우당의 뒷배를 단단히 받쳐 주고 있었다. 녹우당을 비롯해 해남 윤씨와 관계된 사당과 묘는 덕음산이 주는 품 안에서 안온했다. 녹우당 입구에 서 있는 500년 넘은 은행나무는 녹우당과 고산 윤선도 유적지의 수호신을 자처하고 있는 듯 당당했다. 500년 동안 한곳에 머물며 해남 윤씨가의 흥망성쇠를 오롯이 지켜보고 지금까지 살아남아 고산 윤선도 유적지를 풍성하게 해 주고 있었다.

녹우당은 해남 윤씨 어초은공파의 시조인 윤효정이 강진에서 해남으로 이사 와 자리 잡은 곳이다. 양택 명당에 제대로 자리 잡아 600여 년의 세월을 이어 오는 좋은 터로 보였다. 단지 아쉬운 것은 사랑채가 높은 담장으로 둘러싸여 있어 답답한 느낌이 들었다. 논산의 명재 고택과 확연히 대비되었다. 명재 고택 사랑채가 담장이 없는 열린 공간인 반면 녹우당 사랑채는 담장에 둘러싸인 닫힌 공간이어서 답답한 느낌이 들었다.

안채는 모두 ㅁ 자 형 공간 배치를 한 것은 그 당시의 사회상을 반영했다는 점에서 일맥상통했지만 사랑채까지 담장으로 둘러싸게 하여 답답한 느낌을 들게 한 것은 의아했다. 개인의 성격과 그 당시의 사회상이 반영된 것으로 짐작되지만 아쉬운 것은 어쩔 수 없었다. 고산 윤선도가 노후에 이곳에 기거하기보다는 금쇄동과 보길도의 부용동에 원림을 지어 놓고 그곳에 머문 것은 그런 영향도 있지 않았을까 했다. 지금은 윤선도의 15대손이 거주하고 있다고 했다.

녹우당 고택 뒤 덕음산 중턱에 있는 500여 년 된 400여 그루의 비자나무 숲은 천연기념물로 지정되어 있을 정도로 울창했고 보존 상태도 좋았다. 비자나무 원림으로 불러도 손색이 없을 듯했다. 녹우당 뒤를 감싸고 있는 숲은 편안한 마음으로 산책하며 걷기에 좋았다. 유적지 입구에 있는 백련지와 소나무 숲은 마을 앞의 허한 곳을 막아주는 풍수의 비보기능을 하고 있다고 한다. 이웃해 있는 땅끝 문학관은 해남이 낳은 시인들을 자세히 소개하고 있어 매우 유익했다. 강진의 김영랑 시인 생가 앞에 있는 시 문학관과 서로 대비되었다.

고산 윤선도(1587~1671)는 조선 중기의 우리나라를 대표하는 국문학의 최고봉으로 알려진 천재 시조 시인이다. 우리가 익히 잘 알고 있는 〈어부사시사〉와 〈오우가〉 등을 비롯한 수많은 절창의 시조를 남겼다. 그는 시조뿐만 아니라 천문, 철학, 지리, 음악, 의약, 성리학 분야에서도 정통하였으며 실용적인 학문을 추구하여 해남 윤

녹우당 고택

씨가의 실사구시 학풍에 큰 영향을 미쳤다고 한다. 벼슬은 진사로 시작해 한성서윤과 예조정랑을 역임하고 봉림대군(효종)의 스승이 될 정도로 그 천재성을 인정받았다. 후에 효종이 녹우당 사랑채를 하사할 정도로 그를 존경하고 아꼈다고 한다.

위대한 작가, 예술가를 비롯해 탁월한 사상가들의 공통점은 자연을 아주 가까이했다고 한다. 자연 속에서 자주 머물며 자연 속에서 영감을 얻고 자신의 자아(自我)와 만남으로서 삶의 신비를 알게 되었고 그것을 통해 자신만의 탁월함을 드러냈다. 천재들의 삶은 대부분 평범하지 않지만 자신의 내면과 만나 위대한 업적을 이루었다는 공통점이 있다. 고산 또한 자신의 고향이자 터전인 해남의 자연이 있었기에 천재적인 재능을 마음껏 표출할 수 있지 않았을까 싶다. 해남은 고산으로 인해 한층 더 돋보였다.

(2021.10)

고산 윤선도의 문학 산실(금쇄동)

고산 윤선도는 조선 정치 사회를 지배했던 계파 간 당쟁으로 인해 장기간 유배되는 등 고초를 겪었고 병자호란 후에는 해남으로 낙향해 금쇄동, 수정동, 보길도 등에 은거하며 원림을 짓고 이곳에서 시가 문학의 대표작으로 꼽고 있는 〈오우가〉 등의 시조 19수가 실려 있는 〈산중신곡〉(금쇄동), 〈어부사시사〉(부용동)를 비롯, 《금쇄동기》라는 한문수필집 등 불후의 명작을 남겨 한국 원림문화와 국문학 발전에 큰 업적을 남겼다. 〈산중신곡〉, 〈어부사시사〉의 필사본과 《금쇄동기》는 보물로 지정되어 있다.

금쇄동은 고산에게 있어 보길도의 부용동과 함께 그의 문학적 산실이라고 할 수 있는 곳으로 자연을 관조하며 삶과 자연에 대한 성찰에 힘쓴 곳으로 알려져 있다. 그가 쓴 시조들은 지금 읽어 보아도 현대인들에게 많은 감흥을 주고 있어 그의 높은 안목을 엿볼 수 있다. 그의 시조는 우리말을 물 흐르는 느낌이 들 정도로 유연한 문체로 다듬었고 자연의 아름다움을 예리한 눈으로 바라보고 쓴 탁월함이 더해져 아주 돋보였다. 고전 문학계에서는 그가 남긴 〈산중신곡〉과 〈어부사시사〉는 한글 고전 문학사의 한 획을 그었으며 이 작품만으로도 그의 생애는 충분히 돋보인다고 했다.

보길도의 부용동 원림은 많은 복원이 이루어졌으나 주옥같은 〈산중신곡〉 등을 남긴 금쇄동은 아직 옛 모습을 찾지 못했다. 시간이 지나면 이 또한 복원이 이루어지지 않을까 싶다. 고산은 정치에 발을 내딛는 순간 끝없는 대립과 권력을 향한 욕망으로 점철된 조선사회의 정쟁 속에 휘말려 오랜 유배생활을 견뎌야 했다. 오랜 유배생활(15년)과 고향에서 은둔생활을 하면서도 정계에 대한 미련을 버리지 못한 고산의 심정이 한시와 한글로 쓴 시조 등에 고스란히 남아 있다. 낙향한 이후 고향에 원림을 짓고 유유자적한 생활을 하며 수많은 절창의 시를 지었지만 임금을 향한 충심과 사랑 그리고 살아생전에 국가에 봉사하며 자신의 능력을 마음껏 펴 보고 싶었던 고산의 마음이 느껴졌다.

고산에 대한 이해를 돕기 위해 그에 대한 잘 알려지지 않은 이야기를 《윤선도 평전》(한겨레 출판)을 쓴 고미숙 작가의 도움을 받아 전달하고자 한다. 고산은 42세, 47세의 나이에 과거 시험에서 장원급제를 했다. 합격하기도 어려운 과거 시험에서 장원급제를 한다는 것은 출세가 보장된 길이나 다름없다. 한 번도 아니고 두 번씩이나 장원급제를 한 것을 보면 고산은 남다른 지능과 천재적인 재능이 있지 않았나 싶다.

천재의 삶은 결코 평탄하지 않았다. 고산이 정계에 계속 미련을 가지고 벗어나지 못했다면 결코 〈산중신곡〉, 〈오우가〉, 〈어부사시사〉와 같은 절창의 시조를 생산하지 못했을 것이다. 더불어 그의 이름은 한낱 실록에 몇 줄의 기록으로 그치지 않았을까 싶다. "풍경은 존재하는 것이 아니라 발견되는 것이다"라고 말할 정도로 고산이 우연히 찾은 금쇄동은 귀신이 만들고 하늘이 감춰 온 비경이라고 스스로 이야기할 정도로 대단했던 모양이다.

지금은 터만 남아 옛 모습을 찾을 수 없지만 그 당시 금쇄동은 고산 마음의 안식처 역할을 톡톡히 하였을 것이다. 그런 안식처가 있었기에 정계 진출에 대한 강력한 동인(動因)을 어느 정도 잠재울 수 있지 않았을까 싶다. 자연은 인간의 들뜬 마음을 잡아 주는 최고의 안식처이자 자아를 마음껏 뛰놀게 하는 놀이터가 아닌가 싶다.

(2021.10)

천재, 고산 윤선도

고산은 고전문학 외에도 앞에서 이야기하였듯이 음양오행, 천문, 지리, 음악, 의약 등 다방면에 두루 능통하였다고 한다. 보통 사람에게는 한 분야에도 능통하기 어려운데 다방면에 있어 능통하였다는 것을 보면 그는 머리가 뛰어난 천재인 듯했다. 특히 의약 분야에 있어서는 의약의 이치를 터득해 처방뿐만 아니라 약을 조제하는 수준에까지 이르렀다고 한다. 정적(政敵)이었던 송시열이 중병에 걸렸을 때 체면을 무릅쓰고 고산에게 약을 처방받은 적도 있다고 했다.

고산은 다방면의 해박한 지식을 시에 녹여 절창의 시를 만들어 냈다. 한 분야에 정통하게 되면 다른 분야도 쉽게 정통하게 되는 것을 우리는 통상 문리가 터졌다고 하는데 아마도 고산이 그런 경우가 아닌가 싶다. 너무 똑똑하면 겸손하기 어려운 법이어서 그 역시 정계에 입문하자마자 그 당시 정계의 실력자인 대북파 이이첨의 전횡을 탄핵하는 〈병진소〉로 알려진 상소문을 써 큰 파장을 일으켰다.

이로 인해 7년간의 장기 유배를 가게 되는데 상소문이 얼마나 강력했으면 1, 2년도 긴 기간인데 7년간을 유배지에서 보냈을까 싶었다. 대단한 기개도 느껴졌지만 한편으론 상황을 제대로 파악하지 못하는 정치 초년생의 어리석음 또한 안타깝게 느껴졌다. 모든 일에는 은총과 고통이 상존하는 법이어서 7년간의 유배 생활은 추후 〈산중신곡〉과 〈어부사시사〉 등을 쓸 수 있는 자양분이 되지 않았을까 싶다. 사람은 고통 속에서 자신을 되돌아보고 무지를 깨닫는 법이기 때문이다.

해남에 칩거하던 51세에 고산은 생애 가장 큰 고통에 봉착하게 된다. 51세가 되던 해 가장 아끼던 차남과 며느리가 죽었고 그해 12월 병자호란이 발발했기 때문이다. 잘 알다시피 병자호란은 인조대왕이 삼전도에서 청나라 황제에게 삼배를 바치는 결코 잊을 수 없는 치욕을 겪은 엄청난 사건이다. 비극의 절정 속에서 문학의 싹이 튼다고 했다. 장기간의 유배 생활과 병자호란 등의 과정을 거치며 고산의 내면세계는 더욱 깊어졌고 내면 깊은 곳에서는 대작을 쓰기 위한 준비가 암묵적으로 진행되지 않았을까 싶다.

(2021.10)

윤선도 초상

어부사시사(漁父四時詞) 1

　고산은 병자호란 이후, 누명으로 또다시 1년간의 유배 생활을 하게 된다. 한번 상대방(政敵)에게 밉게 보인 후유증이 컸다. 똑똑함을 숨기지 않는 미숙함과 재물이 넉넉한 것을 시기하는 사람들의 본성이 그를 평생 괴롭히는 동인(動因)으로 작용했다. 유배를 마친 이후 해남 본가(녹우당)는 장남에게 맡기고 금쇄동과 부용동(보길도)에 주로 머물게 된다. 부용동은 병자호란 와중에 발견했고 금쇄동은 병자호란 이후 1년간의 유배 생활을 마치고 돌아온 54세에 발견하였다고 한다.

풍광은 존재하는 것이 아니라 발견하는 것이라는 유명한 말을 남긴 것을 보면 금쇄동은 그 당시 고산에게 특별한 느낌을 준 곳으로 여겨졌다. 50대 중반의 나이에 금쇄동에서 〈산중신곡〉을, 10년이 지난 65세 되던 해 부용동에서 그 유명한 〈어부사시사〉 40수를 썼다고 한다. 강호미학의 절정으로 알려진 〈어부사시사〉는 지금 읽어 보아도 탁월한 문체로 여겨질 정도로 뛰어나고 절창으로 느껴진다.

우리가 학창 시절에 배웠던 내용이어서 다시 읽어 보니 먼저 반가운 마음이 들었다. 어부의 시선으로 사계절을 넓고 깊게 묘사한 〈어부사시사〉는 흥을 돋우는 문자의 선택과 음률이 단연 돋보이는 절창의 시조로 읽는 사람 누구든 비슷한 느낌을 가지지 않을까 했다. 학창 시절에는 잘 몰랐지만 고산의 나이와 비슷해지니 그의 시가 쉽게 이해가 되었다. "지국총 지국총 어사와"라는 문장은 절로 흥을 돋우는 묘한 마력을 느끼게 했다. 어찌 보면 민요라는 느낌도 들었다.

40수 중 몇 개를 읽어 보니 각각의 수는 그 하나로 완성미를 지니고 있지만 40수 전체가 하나로 연결, 완성되는 독특한 형태로 되어 있어 고산의 의도적이면서 천재적인 면이 느껴졌다. 정형성을 지닌 시조의 특징을 그대로 간직한 채 고산 특유의 독창성이 절묘하게 어우러진 시조가 바로 〈어부사시사〉가 아닌가 했다.

 시조에 대한 전반적인 지식은 미약하지만 내가 읽고 느낀 것을 있는 그대로 말씀드린 것으로 이해해 주시면 좋겠다. 자연을 노래 했지만 시조 속에 정치에 대한 아쉬움, 미련 등이 드러나 있는 것을 보면 고산의 정계 복귀에 대한 욕망은 좀처럼 포기할 수 없었던 것 같다. (〈어부사시사〉를 쓴 이후 66세의 나이에 제자였던 효종(봉림 대군)이 그를 다시 정계로 불러 성균관 정4품에 임명, 짧은 기간이 지만 다시 정치판에 들어선다)

 정치와 담을 쌓을 수 없는 인간으로서의 욕망은 자연 속에 머물 면서도 결코 놓을 수 없는 고산의 업보였으리라 믿고 싶다. 50대 중·후반의 나이에 금쇄동에서 쓴 〈산중신곡〉과 〈산중속신곡〉, 65 세에 보길도 부용동에 머물며 쓴 〈어부사시사〉 모두 강호미학의 절 정이라고 지금도 회자되고 있다. 그 당시 한자보다는 격이 떨어지 는 것으로 인식된 순수 한글로 절창의 시조를 써 내려간 고산은 진 정한 천재이자 언어의 연금술사가 아닐 수 없다.

고산 윤선도에 대해 새롭게 공부해 보고 싶은 욕망이 떠오르게 할 정도로 그의 시조는 국문학에 대해 문외한인 내게도 탁월함이 느껴졌다. 이번 해남 여행을 통해서 좀 더 깊이 알게 된 고산 윤선도와 공재 윤두서는 이번 여행 중 만난 최고의 인물이었다. (내용 일부는 해남군 발행 고산 윤선도 유적지 리플렛과 전시관, 해남군 홈페이지 참조)

천재 시조 시인 고산 윤선도의 생애를 돌아보며 많은 생각이 떠올랐다. 정치에 입문하자마자 〈병진소〉라는 상소를 통해 7년간의 긴 유배 시절을 보냈고 말년에도 7년간의 유배 생활을 보낸 고산은 유복한 가정에서 태어났지만 삶은 파란만장했다. 강직한 성품과 총명함은 입신양명(立身揚名)을 위한 기본 자질로 작용했지만 천재의 특징 중 하나인 나서는 마음과 겸손하지 못한 태도는 그를 시기하는 세력들의 표적이 되었다. 인생에 정답은 없지만 퇴계 선생처럼 매사를 경(敬)의 자세로 임했다면 혹독한 유배지 생활은 피할 수 있지 않았을까 하는 아쉬움이 진하게 들었다.

아이러니하게도 문학은 고통 속에서 움튼다고 했다. 한편으론 그런 시련과 혹독한 고통이 없었다면 과연 절창의 시조를 생산해 낼 수 있었을까 하는 의문을 들게 했다. 정계 입문, 유배, 정계진출, 유

배를 반복하며 그 사이사이에 그의 문학의 본거지인 금쇄동, 수정
동과 보길도의 부용동에 머물면서 따뜻한 남쪽 고향의 자연을 벗
삼아 절창의 시조를 창작해 낸 고산의 생애가 드라마틱했다.

(2021.10)

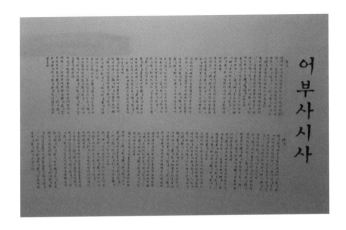

고산 윤선도 유물 전시관

고산 윤선도 유물 전시관은 고산 윤선도 유적지 입구에 있다. 고
산 윤선도 유적지 전체를 둘러보기 전에 필히 이곳을 먼저 둘러봐
야 한다. 해남 윤씨 어초은공파에 대한 전반적인 개관을 알기 쉽게

그리고 일목요연하게 잘 정리해 보여 주고 있기 때문이다. 해남 윤씨 어초은공파 시조인 어초은 윤효정이 이곳에 터를 잡은 이후 600여 년 동안 살아온 변천사를 통해 조상 대대로 이어져 오는 해남 윤씨가의 사상과 가풍을 돌아보는 재미가 있었다. 또한 인물 중심의 연대기를 통해 한 집안의 역사뿐만 아니라 해남 지역의 역사를 살펴보는 좋은 기회가 되었다.

유물 전시관 입구, 특별 전시실에 있는 윤두서와 그의 아들, 손자의 그림들을 보고 깜짝 놀랐다. 국립 박물관에 있을 법한 탁월한 그림들을 이곳에 함께 전시하고 있었다. 어렴풋이 알고 있었던 공재 윤두서의 그림 세계를 제대로 살펴보는 기회가 되었다. 그림 하나하나가 예사롭지 않았다. 그의 타고난 천재적인 재능과 노력이 더해진 화풍은 내가 보기에 모두 보물 내지는 국보로 지정해도 손색이 없어 보였다. 붓으로 그려 낸 그림이라기보다는 정교한 펜으로 그린 그림으로 느껴질 정도로 묘사가 세밀했고 선이 유려했다.

단원 김홍도, 혜원 신윤복의 그림과도 확연히 비교되었다. 전부다는 아니지만 김홍도, 신윤복의 그림이 일반 백성들의 눈높이에서 그린 그림이라면 윤두서의 그림은 높은 관직에 있는 격조 있는 대갓집 사람들의 눈높이에 맞춘 꽤 격조 높은 그림처럼 보였다. 화가 자신의 삶이 작품에 그대로 투영된 느낌이 들었다. 고산 윤선도와 그의 증손자인 윤두서가 묘하게 대비되었다. 두 천재의 삶이 해남 윤씨가를 대표한다고 해도 과언이 아닐 정도로 두 사람은 각자의 분야에서 아주 탁월했고 그로 인해 오늘날까지도 해남 윤씨 가문의 중심인물로 단단히 자리 잡고 있는 듯했다.

　어렴풋이 알았던 윤선도, 윤두서 두 천재의 삶에 대해 좀 더 알고 싶다는 새로운 호기심이 생겼다. 두 사람의 일대기를 다룬 책을 통해서 그동안 알지 못했던 그들의 내면과 그 당시의 시대상황을 살펴봐야겠다는 생각을 하게 했다. 공재 윤두서와 고산 윤선도의 삶을 제대로 알아야 그들의 작품 세계와 더불어 해남의 원림 문화를 제대로 이해할 수 있지 않을까 싶었다. 여행을 통해서 새로운 세계를 만나는 것은 희열에 가깝다. 면면이 이어져 오는 역사의 중심에는 늘 인물이 자리를 잡고 있다는 사실을 다시금 자각했다. 결국 역사는 사람들이 중심이 되어 그들의 삶과 어우러져 돌아가기 때문이다.

(2021.10)

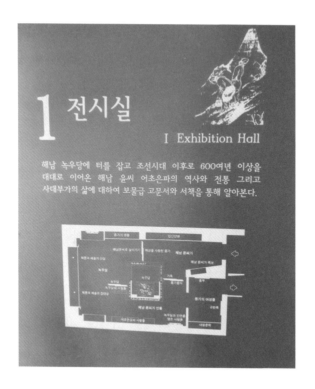

천재 화가 공재 윤두서

공재 윤두서는 천재 화가이자 천재 학자라고 할 수 있다. 고산 윤선도와 더불어 두 사람을 제대로 알아야 해남 윤씨 가문과 그 당시의 사회상을 짚어 볼 수 있다. 사건의 중심에 자리 잡고 있는 인물에 집중해야 그 시대의 역사를 제대로 이해할 수 있는 법이다. 한 인물의 생애를 제대로 돌아보고 정확히 아는 것은 결코 쉬운 일이 아니다. 한 인물에 대한 평가는 기록과 전해져 내려오는 이야기에 의존할 수밖에 없기에 역사학자와 그것을 연구하는 사람의 제대로 된 서술과 평가가 필요하다. 우리 같은 범부에게는 그들이 연구한 자료를 근거로 한 인물의 대략적인 삶과 사상을 통해 자기 자신을 돌아보는 것으로 만족해야 하지 않을까 싶다.

너무 세밀하게 살피지 않아도 한 인물에 대한 평전이나 그의 작품 세계를 통해서 미루어 짐작하는 선에서 알아 두는 것만으로도 충분하지 않을까 싶다. 위대한 인물들의 삶을 제대로 살펴보고 평가하는 것은 무척 어려운 일이지만 그들의 삶을 통해서 자신을 되돌아보고 그들의 위대한 사상을 엿보는 것은 우리의 삶에 무척 유익하다. 사람은 죽을 때까지 성장하고 발전해 나가야 하는 운명을 지녔기에 그 자체를 즐기면 되지 않을까 싶다.

위대한 인물의 삶을 통해서 자신의 정신세계를 고양시키고 지금보다 나은 삶을 살아가는 동인(動因)으로 삼는다면 그것으로 족하지 않을까 하는 생각이다. 영적인 성장을 꾀하고 이를 인류 공영에 이바지하는 쪽으로 생각하면 모두에게 좋은 삶이 될 수 있지 않을까 싶다. 물론 이것은 나만의 생각이다. 고산 윤선도 유적지 내의 유물 전시관을 둘러보면서 해남 윤씨 어초은공파와 그 후손인 윤선도와 윤두서를 제대로 조명해 볼 수 있었다는 점에서 매우 유익했다.

공재 윤두서(1668~1715)는 고산 윤선도(1587~1671)의 증손자이자 조선 후기 새로운 유형의 화풍을 창조한 선비화가로 높은 평가를 받고 있다고 한다. 그는 남인으로 서인이 득세한 당쟁에 밀려 관직으로 나아갈 수 없게 되자 30대 이후 과거에 대한 뜻을 과감히 포기하고 학문과 서화에 천착했다고 한다. 고위직으로 나아가는 등용문인 과거에 대한 미련을 과감히 포기하고 학문과 서화에 전념함으로써 수많은 탁월한 작품을 많이 남겨 조선 후기의 조선 화단에 지대한 영향을 주었다고 했다.

(2021.10)

공재 윤두서 자화상

공재 윤두서는 풍속화와 진경산수화를 최초로 선보였고 자화상을 통해 사실주의 화풍을 개척한 것은 최고로 평가받고 있다고 한다.(고산 유물 전시관 안내문과 해남군청 발행 고산 윤선도 유적지

아무튼, 여행
해남, 강진, 완도, 보길도, 진도

리플렛 참조) 내가 봐도 공재 윤두서의 자화상은 매우 세밀하고 사실주의 화풍이 물씬 느껴졌다. 눈매를 보면 강렬하면서도 선한 느낌과 애잔함이 동시에 느껴졌다. 눈은 마음의 창이라고 했듯이 얼핏 보면 강렬한 인상이지만 볼수록 선한 마음이 숨어 있었다.

공재 자신이 두루 덕을 베푼 사람이었기에 그 덕이 얼굴에 배어 나오는 듯했다. 노비도 인간으로 대하라고 가족들에게 강조하고 노비가 죽으면 의례히 노비가 모은 재산은 주인이 가져가는 관습 또한 공재가 앞장서 파기하고 노복이 죽으면 그 가족에게 돌려주었다고 한다. 부유하게 자란 사람의 특징이라고 볼 수 없는 태도이기에 해남 윤씨가의 종손으로서의 공재는 그 시대 양반의 삶과는 많이 달랐다고 볼 수 있다. 그의 진면목이 느껴지는 대목이기도 했다.

자신의 얼굴을 그리는 데 남다른 정성을 쏟은 것은 당연하지만 수염 한 올, 한 올을 극사실주의 화풍으로 묘사해 자화상이 아니라 정밀 사진 같은 느낌을 들게 했다. 보면 볼수록 그림에서 뿜어 나오는 아우라가 대단했다. 제대로 눈을 맞출 수 없을 정도로 기운이 강렬했다. 윤두서 자화상이 국보로 지정된 것에는 다 그만한 이유가 있었다. 과거를 포기하고 학문과 서화에 천착하여 대작가의 경지에 오른 인물로 윤두서만 한 인물은 없어 보였다.

공재 윤두서 자화상

특별 전시실에 전시되어 있는 그의 그림들을 보면서 윤두서는 풍속화를 비롯하여 진경산수화와 동물화에도 뛰어났고 〈동국여지도〉, 〈일본여도〉 등의 회화 형식의 지도에 이르기까지 서화로 할 수 있는 모든 분야에 탁월했음을 알게 되었다. 한때는 겸재 정선을 능가한다는 이야기도 들었지만 공재는 진경산수화보다는 인물화에 천착했다고 한다. 깨달은 사람 한 명이 1만 명을 먹여 살린다는 말이 있듯이 천재 화가 한 명은 그 분야에서 탁월한 족적을 남겨 수많은 화가들에게 이정표를 제공하지 않았을까 싶다. 꺼져 가는 조선의 등불이 윤두서와 윤선도로 인해 조금은 연장되지 않았을까 하는 생각이 들 정도로 대단함이 느껴졌다.

(2021.10)

인문학의 보고 해남, 강진

공재 윤두서의 그림들은 자세히 살펴볼수록 대단했고 탁월했다. 그림에 문외한인 내가 보아도 그렇게 느껴졌다. 윤두서가 조선 후기의 화단에 미친 영향은 무척 컸을 것이라고 짐작이 되었다. 그의 그림은 엄청난 노력도 한몫을 하고 있는 것은 분명했지만 타고난 천부적 재능이 아니면 도저히 도달할 수 없는 경지로 여겨졌다. 조선 후기 화가 중 겸재 정선, 현재 심사정과 함께 조선 후기의 삼재로 불렸다고 했다.

하늘은 어느 나라든 적절한 시기에 각 분야에서 출중한 인물을 배출시켜 그 나라의 문화와 과학 수준을 한 단계 끌어 올리고 인류 공영에 영향을 미치게 함으로써 인간의 삶의 질을 한 단계 레벨 업시키는 놀라운 계획을 가지고 있는 듯했다. 공재 윤두서는 서화뿐만 아니라 실용적인 학문 추구에도 많은 노력을 하였다고 한다. 천문학, 지리학, 수학, 의학, 병법뿐만 아니라 서학까지도 섭렵했다고 하는 것을 보면 고산 윤선도의 영향을 어느 정도 받은 듯했다.

다양한 분야의 공부와 연구를 통해 일가를 이룬 사람들의 능력의 한계는 어디까지인지 가늠이 되지 않았다. 윤선도의 학풍을 계승해 비슷한 길을 걸었지만 윤선도가 시조, 수필 등 국문학 쪽으로 일가를 이루었다면 윤두서는 서화 쪽으로 일가를 이루었다. 공재 윤두서는 다산 정약용의 외증조부로 그의 학문적 세계관은 다산에게도 많은 영향을 미쳤다고 한다. 공재 윤두서의 아들인 낙서 윤덕희와 손자 윤용 또한 그의 화풍을 이어 받아 3대에 걸쳐 문인화가로 일가를 이룬 것은 대단한 일이 아닐 수 없다. 그들의 타고난 천재성도 있지만 넉넉한 집안의 경제력이 뒷받침되었기에 가능한 일이지 않았나 싶다.

3대에 걸쳐 화가로 일가를 이룬 그들의 작품을 함께 보는 재미가 아주 쏠쏠했다. 태생적으로 그림 그리는 것과 담을 쌓은 내게는 잘 그린 그림을 감상하는 것은 부럽다는 생각과 더불어 노력 외에 타고난 자질이 없으면 절대 탁월해질 수 없는 것이 그림이라는 확신을 하게 했다. 서양 문화의 절정기인 르네상스 시대에 활동했던 조각가, 화가들 또한 하늘이 내린 선물이 아닐까 하는 느낌이 갑자기 들었다. 그들 천재들로 인해 세계 문화의 격이 크게 격상된 것을 보면 천재는 만들어지는 것이 아니라 타고나는 것임을 재확신하게 된다.

이곳 유물 전시관에서 새롭게 만난 해남 윤씨 족보와 고산 윤선도와 공재 윤두서와의 만남은 내게 많은 감동을 주었다. 60이 넘은 나이지만 새로운 것을 알게 되니 다시 젊어지는 느낌이 들었다. 새로운 것에 대한 호기심과 더불어 새로운 사실을 알게 되었다는 감흥이 좋았다. 여행이 내게 베푸는 좋은 점 중의 하나가 아닌가 했다.

국보와 보물 등 많은 문화재를 보유한 고산 윤선도 유물 전시관을 통해서 한국 전통 문화의 원류를 떠올려 보고 자연과 함께하는 삶에 대한 새로운 생각을 통해 나 자신을 되돌아보는 좋은 기회가 되었다. 전국 곳곳에 다양하게 펼쳐져 있는 한국 전통 문화가 오늘날까지 굳건히 살아 숨 쉬며 이어져 오고 있다는 점이 새삼 고마웠다. 문화유산을 소중히 보호하고 이를 잘 정리하여 후손들에게 전시하여 보여 주는 것 또한 문화의 계승이고 후손들에게 자긍심을 불어넣는 중요한 일임을 다시금 깨달았다.

(2021.10)

아름다운 절, 미황사 1

　땅끝 마을을 품고 있는 해남은 끝과 시작을 상징하는 고장이다. 강진과 이웃하며 남도 답사 1번지로 오래전부터 회자되어 온 고장이다. 지금도 수도권에서 가려면 차로 5시간 이상 소요될 정도로 멀다. 큰마음을 내지 않으면 올 수 없기에 때(?)를 타지 않아 그만큼 잘 보전되어 있는 고장이기도 하다. 산수가 수려하고 먹거리가 풍부해 한 번이라도 이곳을 다녀온 여행객에게는 깊은 인상을 주는 고장으로 알려져 있다.

　조선시대 유배지로 한 이름 했던 해남은 지금은 곳곳에 명승지와 다양한 인문학 스토리를 무궁무진하게 보유하고 있는 인문학의 보고이기도 하다. 고산 윤선도의 고장으로 불리고 있지만 해남 땅끝 마을 가까운 곳에 위치한 달마산 미황사는 해남을 한층 돋보이게 하는 일등 공신으로 부족함이 없었다. 언제 찾아도 아름다운 절 미황사를 두 번째 찾았다. 8년 전 가족들과 처음 왔을 때 미황사는 고즈넉한 풍경을 보듬은 아름다운 절이었다.

지금은 달마고도가 생겨 찾는 사람들이 더욱 많아져 붐비는 절이 되었지만 시장을 방불케 하는 시끄러움은 없었다. 입구에 주차장이 크게 신설되고 없던 관광 안내소까지 생긴 것을 보면 이곳을 찾는 사람들이 그새 많이 늘었다는 방증으로 보였다. 미황사를 찾는 관광객 외에도 달마고도를 걷고 싶어 하는 등산객까지 몰려들고 있지만, 미황사는 너른 품으로 넉넉히 받아 주고 있었다. 입구 주차장에서부터 일주문을 통과 후 계단을 통해 서서히 고도를 높여 가다가 사천왕문을 지나야 비로소 대웅보전이 있는 미황사의 핵심공간으로 진입할 수 있도록 절묘하게 배치한 점이 돋보였다.

그다지 높지 않은 달마산을 배경으로 보물로 지정된 대웅전이 당당하면서도 수려했다. 단정한 자세는 모범생을 연상케 했다. 정면 3칸의 비례가 돋보였고 좌우를 들어 올린 팔작지붕은 달마산을 배경으로 남다른 품격을 자랑했다. 주춧돌에 새긴 문양은 단아한 건물을 한층 도드라지게 했다. 특히 거북 문양은 남다른 의미를 지닌 듯했다. 화재 예방과 평화 그리고 장구한 세월의 힘을 이겨 나가길 염원하는 마음을 담은 듯했다. 대웅전 뒤로 다시 계단을 두고 건물들을 앉혀 안정감 있는 배치를 지향하면서도 품격이 느껴지도록 했다. 달마산의 강한 기운을 받아 내려면 평지 사찰보다는 산지 사찰 형식이 나아 보였다. 전체 배치와 건물들이 들어선 형태가 기암괴석을 이루며 병풍처럼 낮고 길게 이어지는 달마산을 많이 의식한 듯했다.

(2021.10)

대웅보전 뒤에서 바라본 전경

금강 스님

달마산(489m)은 높은 산은 아니지만 산세가 웅장해 높은 산과 비교해도 장대한 기운은 빠지지 않았다. 주봉인 불썬봉(달마봉)을 중심으로 관음봉, 떡봉, 도솔봉이 어깨를 나란히 하며 기암괴석으로 이루어진 능선은 장장 12㎞나 이어지며 빼어난 아름다움을 자랑해 남쪽의 금강산으로 불리고 있다. 달마산 지명은 경전(dharma, 達摩)을 봉안한 산에서 비롯되었다는 설과 기암괴석이 병풍처럼 펼쳐져 있고 바위가 부처의 형상을 하고 있기에 선종의 창시자 달마 대사께서 머물 신성한 곳이라고 해서 달마산으로 이름 지었다는 설이 전해지고 있다고 한다.

정리해 보면 수많은 부처가 이곳에 머물며 자비의 빛을 발하고 있는 의미를 지녔다고 생각하면 될 듯했다. 또한 달마산은 불상과 바위 그리고 석양 빛 세 가지가 조화를 이루고 있는 산으로 널리 알려져 있다. 달마산 능선에서 바라보는 낙조는 황홀하기 그지없다고 했다. 아직 낙조를 보진 못했지만 넓은 들판과 바다가 조화를 이룬 곳에서 해가 지는 모습은 상상만 해도 사람의 심금을 울리지 않을까 싶다. (해남군청 발행 리플렛과 미황사 입구 안내 설명문 등 참조)

미황사는 해남의 천 년 고찰이다. 신라 경덕왕 8년(749)에 창건된 사찰로 1597년 정유재란 때 대부분의 전각이 소실되고 기록마저 전부 없어졌다고 한다. 이후 조선시대를 거치며 중창을 거듭하며 승풍을 진작시켰지만 일제강점기를 거치며 19세기 이후에는 한동안 폐사지로 변했다가 1989년 이후 이곳 주지 스님을 맡게 된 여러 스님들의 노고로 오늘의 모습을 갖추었다고 한다. 특히 1989년 미황사에 23세의 젊은 나이로 인연을 맺은 금강 스님의 노고가 무척 컸다고 했다. 금강 스님은 이곳에 온 이후로 등에 늘 지게를 분신처럼 챙기며 지게로 땔감을 나르고 돌담을 쌓으며 폐사지에 가까웠던 미황사를 지금의 사찰로 만든 일등 공신이라고 했다. 그 당시 사람들은 그를 지게 스님으로 불렀다고 한다.

2001년부터 2021년 1월까지 20년간 미황사 주지로 있으면서 미황사를 템플 스테이 전국 최고의 지명도를 지닌 사찰로 만들었고 다양하고 유익한 프로그램으로 참가자들의 폭발적인 인기를 얻었다고 한다. 미약하다고 생각하기 쉬운 한 사람의 힘이 기적을 연출했다. 솔선수범하는 리더의 힘이 위대함을 만들어 냈다. 지금도 템플 스테이는 여전히 성황 중이지만 코로나로 잠시 쉬어 가는 형국이라고 했다. 얼마 전 개통한 달마고도로 인해 미황사는 다시 전국적으로 조명을 받고 있어 부담스러운 입장이라고 한다. 고즈넉한

산사가 사람들로 북적이다 보면 생각지 않은 일들이 발생하는 법이
니 모두가 조심하지 않으면 안 될 듯싶었다.

(2021.10)

미황사 일원에 대한 설명문

미황사의 보물

달마고도는 매일 평균 40여 명의 인력을 동원, 총 인원 1만 명에 가까운 인력의 도움을 받아 9개월간의 공력을 들여 2017년 11월 개통하였다고 한다. 사람의 의지와 열정이 만든 기적 같은 일이 아닐 수 없다. 쇠락하다 못해 폐사지에 가까울 정도의 사찰을 전국 최고 인기의 템플 스테이 사찰로 만들고 달마산(489m) 중턱에 장장 17.74㎞의 달마고도를 만들어 달마고도 종주 열풍을 이끌어 내 해남을 남도 답사 1번지로 확실히 재부각시킨 일등 공신이 아닐까 했다. 리더의 역할이 얼마나 중요한지 다시금 생각하게 하는 대목이 아닐 수 없다.

미황사에서 놓쳐서는 안 되는 것이 있다. 보물로 지정된 대웅(보)전과 응진당 그리고 미황사 〈괘불탱〉이다. 〈괘불탱〉은 정기적으로 한 번씩 행사를 곁들여 보여 주고 있으므로 인연이 닿는 분들은 보실 수 있지 않을까 싶다. 〈괘불탱〉은 야외 행사 때 마당에 내걸어서 사용하는 불화를 말하는데 내가 보기엔 불교 회화 미술의 극치라고 할 수 있을 정도로 빼어나다. 미황사 〈괘불탱〉은 길이 11.7m, 폭 4.9m의 대형 불화로 조선 영조 3년(1727) 때 7분의 스님이 직접 참여하여 그렸다고 한다. 승려 장인이 만든 것이기에 더욱 돋보였다.

실물은 직접 보지 못했지만 사진으로만 보아도 아름다웠다. 화면 가득 석가모니불만을 그린 형식으로 자세히 살펴보면 다양한 작은 그림들이 숨겨져 있다. 색감과 표현 방식 모두 뛰어나 보물로 지정된 듯싶다. 보존 상태도 좋아 지금도 행사가 있으면 사용되고 있고 가뭄이 들었을 경우 괘불을 걸어 놓고 기우제를 지내면 비를 내려주었다는 일이 여러 번 있었다고 했다. 대웅보전과 응진당 또한 모두 보물로 지정되어 있다. 아울러 대웅전, 응진당, 명부전에 모신 불상들은 모두 목조로 된 특징을 지녔기에 유심히 살펴보시길 바란다.

  대웅전은 시간이 되면 꼭 내부 관람도 권해 드리고 싶다. 수많은 불상들이 그림으로 그려진 모습은 신기하기도 하고 신비스럽기도 했다. 예로부터 1천 불이 출현한 성지로 기록되어 있기에 그 염원을 담아 대웅보전 천장에 천불을 그려 모셨다고 한다. 천 명의 부처 덕분에 이곳에서 세 번만 절을 올려도 삼천 배를 올린 것과 같다고 하여 한 가지 소원은 이루어진다고 했다. 염원에 정성이 보태지면 기적이 일어나는 법이다. 기암 괴봉이 불상을 닮은 달마산의 영험한 기운이 더해지면 한 가지 소원 정도는 거뜬히 이루어지지 않을까 했다.

  (2021.10)

품격이 느껴지는 미황사 대웅보전

아름다운 절, 미황사 2

해남 땅끝 마을 가는 길에 있는 미황사는 신라 경덕왕 8년(749년)에 창건되어 조선 중기까지 12개 암자를 거느린 대찰로 번성을 하였으나 정유재란(1597년) 때 대부분의 전각이 소실되었다가 1598년에 중창 후 최근인 2008년 삼창을 하였다고 한다. 미황사 뒤편에 병풍처럼 둘러선 달마산은 그 빼어난 아름다움으로 인해 남도의 금강산이라고 불리며 달마대사가 중국에 선을 전하고 이곳에 늘 머물러 있었다고 하여 달마산이라고 이름 지었다는 설도 전해지고 있다.

480m 정도의 높이밖에 되지 않는 달마산에 자리 잡은 미황사는 품격 높은 사찰이다. 일주문을 거쳐 오르막 조금 높은 곳에 위치한 대웅보전은 달마산을 뒤에 두고 좌측으로 약간 벗어나 자리 잡았다. 고색창연한 건물에서 오는 중후함과 자리 잡은 모양새에서 오는 품격은 여느 절과는 차원이 달랐다.

일주문부터 서서히 경사진 길을 올라서야 본 모습을 보여 주는 대웅보전을 비롯한 부속건물들은 속세와는 단절된 느낌을 주며 청정한 이미지를 품었다. 높지 않은 달마산은 날카로운 연봉이 마치 월출산과 닮았다. 남도의 산들은 평야지대가 많은 남도지방에 걸맞지 않게 봉우리들이 칼바위 능선을 형성하고 있는 것이 신비롭다. 남도 평야의 부드럽고 한가한 풍경에 긴장을 주기 위해 산들만큼은 날카로운 연봉의 형태를 보여 준 것은 아닌지? 어찌 보면 풍수에서의 비보라고 보는 것이 타당할 것 같은 생각이 들지만 함부로 해석하기에는 무언가 창조주의 깊은 뜻이 있을 듯했다.

(2021.10)

땅끝 마을 가는 길

미황사에서 땅끝 마을로 가는 길은 평화로운 산책길이다. 평야지대의 도로를 따라 우측으로 바다가 보이는 해안 길을 달리는 느낌이 좋다. 따뜻한 봄바람과 화창한 날씨 그리고 한갓진 도로가 3박자를 이루며 여행객들의 마음을 한껏 고조시킨다. 사진 찍기 좋은 곳이라는 친절한 안내 표식이 있는 곳에 잠시 차를 주차하고 사진을 찍었다. 함께한 일행들은 멋진 풍경에 감탄사를 연발하며 개인 스마트폰에 사진을 저장하기 분주하다. 멋진 장면을 스마트폰에 저장 후 시간 날 때마다 꺼내 보면 작은 위안과 긴장의 연속인 삶 속에서 미소를 짓게 하는 여유를 가질 수 있을 것이다.

땅끝 마을까지 이어지는 해안도로의 넉넉한 풍경들을 감상하다 보니 순식간에 땅끝 마을에 도착했다. 10여 년 전 수많은 사람들과 차량들로 붐비던 여객선 선착장은 한가롭기 그지없었다. 여름철이면 차량들로 가득했던 이곳은 비수기에 비로소 땅끝 마을 특유의 모습을 제대로 보여 주었다. 수많은 횟집들로 가득했지만 사람들이 붐비지 않으니 볼만했다.

예전의 토말이라는 표지석 대신 이제는 한글로 한반도의 최남단

땅끝 마을 가는 길의 평화로운 들과 산

땅끝이라는 표지석이 새로 자리 잡았는데 예전의 토말이라는 글이 훨씬 정취가 있지 않았나 싶었다. 세월이 흐르면 모든 것이 변하는 것이 원칙이나 한두 가지 정도는 옛 추억을 떠올릴 수 있도록 그대로 두는 것이 여행객들을 배려하는 것은 아닌지 묻고 싶다. 명기환 시인의 〈땅끝의 노래〉라는 시를 읽으며 희망은 바닥에서 온다는 것을 새롭게 느꼈다.

　오늘 하루만이라도 욕심의 그릇을 비우게 하고 지난날의 잘못을 뉘우치는 용서의 빈 그릇으로 가득 채워지게 해 달라는 표현이 가슴에 와닿았다. 시란 본디 읽는 사람에게 울림을 주고 머리를 내려치는 통렬함이 있어야 시답다는 내 생각이다. 땅끝이란 느낌을 멋지게 노래한 시인에게 박수를 쳐 드리고 싶었다.

(2021.10)

땅끝 전망대와 환상적인 다도해 조망

다도해 일대가 한눈에 바라보이는 땅끝 전망대는 그야말로 환상적인의 조망을 자랑했다. 땅끝 마을과 선착장 그리고 보길도, 완도, 세연도 등 다도해의 섬들이 그림처럼 펼쳐지며 아름다움의 끝이 이곳이 아니냐고 외치는 듯했다. 통영 미륵산에 올랐을 때 바라다본 통영 일대의 다도해 풍경과 쌍벽을 이루는 조망이다. 넋을 놓고 바라보고 있노라니 시간 또한 잠시 흐름을 멈추고 우리와 함께하는 느낌이 들었다. 대한민국의 자연환경은 정말로 아기자기하고 아름답다는 것을 다시 한번 알게 되는 순간이었다. 산은 산대로 바다는 바다대로 그 나름의 독특한 아름다움을 지닌 대한민국은 누가 뭐래도 금수강산이다. 이 땅에서 태어난 것에 대해 감사하고 또 감사할 따름이다.

해안이 아름다운 땅끝 해변과 다도해 전망

하루 종일 이곳에 머물며 여객선이 떠나고 들어오는 모습과 점점
이 떠 있는 섬들을 하나씩 바라보며 마음껏 상상의 나래를 펴 보고
싶은 생각이 들었다. 함께한 일행들도 이런 조망은 자주 접해 보지
않았기에 연신 스마트폰 카메라로 추억을 담느라 여념이 없었다.

한참 동안을 둘러본 뒤 3층 휴게소에 잠시 앉아 쉬면서 그동안 수고했던 다리에게 휴식을 명했다. 경치에 홀려 다리가 아픈지도 몰랐으니 수고한 다리에게 잠시 미안한 마음을 전하고 어루만져 주었다. 눈이 바쁘면 다리가 피곤한 것은 사실이다. 같은 몸이지만 역할이 틀리니 가끔씩 통합하는 시간을 가져야 내 몸도 힘들지 않다는 것을 다시 한번 상기시켜 주었다.

(2021.10)

달마고도

오래전 미황사는 대찰이었을 당시 12개의 암자를 거느리고 있었다고 한다. 그 당시 12개의 암자로 이어지는 옛 길을 복원하여 다시 이은 길이 달마고도다. 총 4개 코스로 이루어졌고 각 코스별로 1시간에서 1시간 50분 정도 소요되는 길이다. 미황사를 출발, 달마산을 중심으로 달마산 중턱을 한 바퀴 도는 둘레길로 인공 데크 하나 없는 천연 흙(숲)길이다. 장비의 도움 하나 없이 순전히 사람의 손으로만 일궈 낸 길이기에 더욱 돋보이는 길로 여겨졌다. 언젠가는 걸어 볼 날이 있겠지만 그날이 그리 멀지 않을 듯했다. 오늘은 미황사를 찬찬히 제대로 살펴보는 선에서 만족하기로 했다.

    달마고도 개설은 미황사에서 했지만 현재 관리는 해남군청이 하고 있다. 달마고도 스탬프 북을 만들어 완주한 사람에게는 해남군청에서 완주 메달을 주고 있다고 하는데 2021년 12월 중순 현재 1만 명 넘는 사람들이 메달을 받아 갔다고 한다. 4년 사이에 1만 명이나 되는 사람들이 이곳을 완주했고 지금도 매주 주말이면 수많은 사람들이 완주에 참여한다고 한다. 조만간 해남의 둘레길 성지로 자리 매김 하지 않을까 했다.

    무소유의 삶을 살았던 법정 스님의 흔적도 이곳에 남아 있다. 해남 출신인 법정 스님께서 (금강 스님께서 주지로 계셨을 때) 금강 스님이 보내 드린 동백꽃과 매화꽃을 보고 입적 전날임에도 환한 미소를 지으시며 좋아하셨다고 했다. 돌아가시기 전에 마지막으로 본 꽃을 보고 법정 스님은 어떤 생각을 하셨을지 궁금했다. 금강 스님과의 인연으로 법정 스님 다비식 이후 남은 재를 이곳으로 모셔와 달마고도 1구간에 있는 소나무 아래 정성껏 모셨다고 했다.

    죽어서 고향에 묻힌 격이 되었고 달마고도 1구간은 일명 법정의 길 혹은 무소유의 길로 부른다고 했다. 법정 스님의 흔적이 이곳에

한눈에 보기 쉽게 만든 달마고도 안내도

남아 있다는 새로운 사실을 이곳에 와서 알았다. 미황사와 달마고
도는 법정 스님과의 새로운 스토리가 하나 추가되어 더욱 아름다운
절로 각광을 받지 않을까 했다. 달마고도 1코스 시작은 사천왕문이
있는 곳에서 얼마 멀지 않은 곳에 있다. 입구에 달마고도 전체 지형
도와 설명문이 자세했다. 스탬프 북과 달마고도 전체 구간이 인쇄
된 유인물도 있어 아주 편리했다.

　1코스는 왕복 2시간이면 편하게 다녀올 수 있어 많은 분들이 찾
는다고 한다. 법정 스님과 금강 스님의 우정을 떠올리고 무소유를

아무튼, 여행
해남, 강진, 완도, 보길도, 진도

실천한 법정 스님을 추모하는 마음으로 걸어 보는 것도 좋은 추억이 되지 않을까 싶다. 2022년 4월부터 매년 4월이 되면 35일간 해남군 주최로 달마고도와 남파랑 길 걷기 행사가 펼쳐진다고 한다. 코스당 50명으로 제한하여 진행한다고 하니 혹 관심 있는 분들은 살펴보시길 권해 드린다. 잔인한 달 4월이 달마고도 걷기 행사로 인해 해남을 남도답사 1번지로 뜨겁게 달구지 않을까 싶었다.

(2021.10)

Korea 트레일

달마산 등산은 코스에 따라 다르지만 대략 3시간 정도면 다녀올 수 있다. 미황사에서 출발, 불썬봉(달마봉)을 바로 올라갔다 내려오는 코스보다는 달마고도 1코스와 연계하여 능선 산행을 하며 미황사로 내려오는 코스를 권장드린다. 물론 달마고도 어느 한 구간을 택해 한 코스 정도만 걸어도 달마산 정상을 보지 못하는 아쉬움은 있지만 그에 못지않은 풍광을 감상할 수 있다. 특히 1코스와 4코스를 추천드리고 싶다.

달마고도 일부는 남해안 종주 트레일로 알려진 남파랑 길 마지막 구간인 90코스와 일부 겹친다. 남파랑 90코스 전반부가 달마고도 4코스와 일부 겹치기에 4코스는 더욱 인기 만점이라고 했다. 남파랑 길은 부산 오륙도 해맞이 공원에서 시작해 남해안을 훑으며 해남 땅끝 마을에서 마무리되는 총 90개 코스로 총 연장 1,470㎞의 엄청난 거리를 자랑하는 길이다. 언제 이런 길을 만들었는지 모르지만 대한민국은 바야흐로 전국이 둘레길로 이어지는 날이 곧 올 듯했다. 평생 걸어도 다 걸을 수 없는 멋진 길들이 지금도 계속 만들어지고 있어 대한민국 전체가 걷기 천국의 관광명소로 자리매김할 날이 멀지 않을 듯했다.

달마고도 종주 시 놓쳐서는 안 되는 곳이 하나 있다. 달마고도 종주 구간에서 벗어나 있지만 달마산 능선상에 있어 조망과 기운만큼은 탁월한 도솔암이다. 협소한 공간 산꼭대기에 자리 잡은 도솔암은 남해 금산의 보리암과 닮았다. 규모는 보리암보다 훨씬 못 미치지만 여기서 보는 조망과 기운은 금산 보리암 버금갈 정도라고 한다. 일부 구간은 가파른 길을 걸어야 하는 고단함은 있지만 그 정도는 감내해야 희열을 맛볼 수 있는 법이다. 대한민국은 곳곳에 깜짝 놀랄 만한 숨은 비경들을 감춰 두고 있어 언제든 예상치 않은 장소에서 조우하게 되는 순간, 놀람과 희열에 감동하게 되고 대한민국의 깊고 넓은 품을 다시금 깨닫게 된다.

남파랑 길이 끝나는 땅끝 마을에서 다시 서해랑 길이 시작된다. 인천 강화도에서 끝나는 서해랑 길은 총 110개 코스, 총연장 1,800㎞ 길이를 자랑하는데 2022년 3월에 완전 개통된다고 한다. 서해랑 길이 완성되면 동해안의 해파랑 길(50개 코스, 750㎞)과 더불어 전국의 해안 길이라고 불리는 대한민국 둘레길이 만들어지는 셈이다. 대한민국 둘레길이 완성되면 백두대간 종주에 이어 대한민국 둘레길 종주 도전의 함성이 전국에서 울려 퍼지지 않을까 싶다.

입소문으로 해외까지 알려지면 대한민국 둘레(해안)길은 제주 올레길 이상의 인기몰이를 하지 않을까 싶다. 내·외국인들이 이 길을 걸으며 대한민국 자연의 독특한 아름다움을 몸소 체험하는 날, 대한민국은 세계 제일의 관광대국으로 거듭나지 않을까 싶다. 2022년 하반기에 개통되는 DMZ 평화의 길(강화 평화전망대-고성 통일 전망대, 36개 코스, 524㎞)까지 열리면 명실공히 대한민국 둘레길의 완성과 더불어 한반도에 평화의 물결이 넘실되지 않을까 싶다. 문화관광이 남북통일을 주도할 수 있다는 희망 섞인 꿈이 현실이 되기를 간절히 염원해 본다.

(2021.10)

Korea 트레일 코스별 안내도(남파랑 길 90코스)

달마산 등산

　달마산은 누가 뭐래도 해남의 명산이다. 489m 높이의 그리 높지 않은 산이지만 기개와 풍광만큼은 해남 제일봉으로 불러도 손색이 없었다. 늘 해남을 방문할 때마다 미황사만 둘러보고 돌아간 아쉬움을 이번(2022년) 봄에 89대간 산악회 회원들과 큰마음을 내어 찾았다. 아름다운 절 미황사를 품은 산이지만 산세는 마치 설악산의 공룡능선을 빼닮았다. 일부구간은 험하고 진행하기 어려워 일직선상의 능선 종주는 할 수 없는 산이다.

능선과 계곡을 번갈아 타며 산행을 해야 하기에 도상으로는 짧은 거리지만 달마산 능선 종주는 6시간 반 정도 소요될 정도로 결코 쉽지 않은 산행 길이다. 능선에서 바라보는 다도해 풍광이 너무 좋아 산꾼들에겐 늘 버킷 리스트 앞부분을 차지하고 있는 산이다. 그나마 다행인 것은 능선 종주를 하지 않아도 미황사에서 달마산(불썬봉)은 어렵지 않게 올라 다도해와 땅끝 마을을 비롯해 360도의 파노라마 조망을 즐길 수 있기에 남녀노소 가리지 않고 늘 산행객들로 붐비는 편이다.

누구든 한번 오르면 평생 잊지 못할 조망을 경험할 수 있고 늘 힘들고 어려울 때마다 이겨 낼 힘을 얻는 곳이기도 하다. 자연이 주는 한없는 자비라고 할 수 있지 않을까 싶다. 최근 달마고도가 완전 개통되어 달마산을 찾는 사람들도 덩달아 많아졌다고 한다. 달마고도 1구간과 일부 겹쳐 있어 더욱 인기 만점이라고 했다. 미황사 사천왕문을 지나기 전 좌측 안내 표지판이 있는 곳에서 산행 들머리가 시작된다. 달마고도 종주 1코스와 동일하다.

이곳에서 일행들과 달마산 등산의 설레는 마음을 잠시 달래고 안

달마산 가는 길 초입

전산행을 위해 정성을 들여 준비체조를 하고 출발했다. 4월의 신록
이 눈부셨고 맑고 쾌청한 날씨가 오늘의 산행을 축복해 주는 듯했
다. 좋은 계절과 청명한 날씨 속에서 이런 좋은 산행 기회가 주어진
행운에 감사했다. 2월 경기도에 있는 서리산에서 시산제를 잘한 덕

분이기도 하지만 일행들의 간절한 기원을 하느(나)님께서 알고 도 와주시지 않았을까 하는 마음이 들었다. 달마대사의 자비와 미황사 부처님의 자비 또한 우리를 축복해 주는 듯했다.

(2022.4)

달마고도 1코스

달마산 산행 들머리에서 달마고도 1코스 종점인 큰바람재까지 갔다가 이곳에서 능선을 타고 관음봉을 거쳐 달마산 정상을 올라 다시 미황사로 하산 길을 택하면 3시간 반 정도면 마칠 수 있기에 큰 부담은 없었다. 달마고도 1코스는 금강 스님의 아이디어로 수많은 사람들이 나서서 기계와 장비의 도움 없이 오직 손과 몸으로 만든 길인데도 길이 아주 좋았다. 걷기에 좋은 이만한 숲길은 없을 듯했다. 걷기에 적당한 폭을 지녔고 제법 평탄한 길이 한동안 계속되어 초입부의 등산의 긴장감을 한층 덜어 주었다. 약간의 언덕길은 본격적인 산행을 알리는 신호였다.

들머리 조금 지나자 다양한 수종의 나무들이 우리를 반겼다. 참가시나무, 팥배나무, 사스레피나무, 붉가시나무, 굴참나무, 졸참나무, 동백나무, 소나무 등 수종이 다양했다. 안내 표시판에는 참가시나무는 참나무과에 속하는 나무로 붉가시나무와 함께 달마고도를 대표하는 상록활엽수라고 안내했다. 재질이 단단해 건축, 가구 등에 많이 쓰인다고 했다. 사스레피나무는 처음 들어 본 나무로 차나무과에 속하고 꽃 냄새가 특이하고 자극적이라고 한다. 팻말에 자세히 적어 놓아 달마산에 서식하는 수종에 대한 좋은 지식을 얻었다. 우리나라 산림의 수종의 대부분이 참나무이고 70%를 차지하고 있다고 했는데 이곳도 예외는 아니었다. 좀 더 다양한 수종의 수목들이 대한민국의 산하에 심어지고 가꾸어지길 소망했다.

들머리를 지나 첫 번째 삼거리가 나타났다. 우측으로 달마산 이정표가 선명했다. 아무 의심 없이 우측으로 들어섰지만 한참을 진행한 후에 당초 우리가 걷기로 계획한 코스가 아님을 깨달았다. 명색이 산행대장을 자처한 내가 순간적으로 깜빡한 것이다. 삼거리에서 계속 직진해야 큰바람재가 나오는데 순간적으로 달마산 정상 가는 길 이정표에 현혹되어 우측으로 들어선 것이었다. 속으로는 잘못 가고 있다는 것을 알면서도 일행들에게는 "여기가 아닌가벼"라는 말을 할 수가 없어 그냥 내처 올랐다. (다행히도 일행들은 산행대장만 믿고 지금 길이 맞는 길로 알고 누구도 의심하지 않았다. 에고, 미안, 미안)

달마산 가는 길 중턱에서 바라본 미황사 전경

 덕분에(?) 3시간 반 산행이 아주 여유로운 산행을 하면서도 3시간이 채 걸리지 않았다. 산행 시간이 단축되다 보니 좋았던 점은 당초 계획에 없던 두륜산 케이블카를 타는 시간을 벌었다는 점이다. '닭보다 꿩'이었다. 삼거리서부터는 본격적인 산행 길이 시작되었지만 산이 높지 않았기에 큰 힘은 들지 않았다. 20여 분 오르자 드디어 전망이 터지고 해남의 수려한 벌판이 보이기 시작했다. 높지 않은 산이지만 논과 밭이 있는 들판에서 솟구친 산이어서 조망이 아주 좋았다.

(2022.4)

달마산(불썬봉) 정상 조망

모두들 산을 오르며 해남의 들판을 보는 기쁨을 만끽했다. 중턱을 지나자 만개한 진달래가 연초록 잎들이 막 피어나는 수목들 사이로 수줍은 얼굴로 우리를 반겼다. 바람을 맞고 자라서인지 진달래가 서울의 그것보다 색은 연했지만 건강미가 넘쳤다. 해풍과 들에서 불어오는 바람에 길들여진 수목들도 일반 산에서 보던 것들과 조금씩 달랐다. 수령이 오래된 나무들은 산행 들머리 부분에만 포진했고 중턱 이상 부분은 대부분 관목 정도의 수목들이 무성했다. 수목들 사이로 이따금씩 나타나는 바위의 색상이 특이했다. 아주 강도 높은 재질의 암석으로 오랜 세월의 더께를 입은 듯 수많은 세월의 풍파를 이겨 낸 흔적이 독특했다.

1시간 반 채 걸리지 않아 달마산 정상에 도착했다. 전후좌우 파노라마의 조망과 더불어 일망무제의 조망이 수채화 그림처럼 펼쳐졌다. 함께한 일행들 모두 감탄사를 연발했다. 대한민국 남쪽 끝, 땅끝 마을 해남에 와서 해남 최고의 조망을 자랑하는 달마산에 오른 것에 감격했다. 모두들 처음 오른 산이고 늘 마음속으로 언젠가는 올라 보고 싶었던 산 정상에 섰으니 그 감동이야 어련하겠는가?

정면 남쪽으로는 완도가 바로 눈앞에 서서 거대한 몸짓으로 우리를 반겼다. 완도가 엄청 큰 섬이라는 것을 깨달았다. 우측으로는 능선이 공룡의 등뼈처럼 땅끝을 향해 용틀임을 치고 있었다. 좌측 또한 마찬가지였다. 정상에 서니 달마산 전체가 공룡의 등줄기처럼 느껴졌다. 북쪽으로는 해남의 들판이 안온했다. 들과 산 그리고 바다를 동시에 조망할 수 있는 산은 흔치 않기에 모두들 감탄사를 연발했다.

모두들 각자 자신들이 바라보고 싶은 곳을 향해 편하게 자리를 잡고 앉아 마음껏 오늘의 행운을 만끽했다. 덥지도 춥지도 않은 청명한 날씨는 그야말로 환상적인 풍광을 자아냈다. 한동안 각자의 휴대폰에 인생 최고의 샷을 담았다. 누구는 오래도록 추억으로 삼고 싶은 듯 동영상으로 아주 정성스레 이곳 정상에서 보여 주는 모든 풍광을 담았다.

나중에 하산 후 함께 돌려 보니 역시 일반 사진보다 감동이 배로 다가왔다. 동영상을 볼 때마다 정상에서 그 당시 느꼈던 살아 있는 감정을 고스란히 소환해 줄 듯했다. 행복과 슬픔은 종이 한 장의 차이지만 사람에게 주는 느낌은 각자 달라 측정할 수 없는 법이다. 행복과 슬픔 모두 순간순간 내가 선택하고 향유하면 되는 것임을 다시금 깨달았다. 사는 것이 별것이 아닌 느낌이 들었다. (가끔 산 정상에서 멋진 풍광을 보게 되면 느끼는 감정이다)

(2022.4)

달마산 정상에서 바라본 다도해 전망

문바우재

하산은 문바우재를 거쳐 미황사로 내려가는 코스를 택했다. 비행기 조망을 느끼며 걷는 능선길이 좋았다. 중간에 능선이 이어지지 않아 잠시 내려가다가 9부 능선 삼거리에서 우측 문바우재로 향했다. 좌측으로는 도솔암으로 이어지는 종주길이고 달마고도와도 만나는 길이다. 나이 지긋한 부부가 문바우재로 갔다가 다시 되돌아 나왔다. 도솔암 가는 길인 줄 알고 갔다가 다시 돌아서는 길이라고 하셨다. 안전 산행을 기원드린다는 인사를 남기고 문바우재로 향했다.

문바우재에 이르자 다시 멋진 조망처가 나타났다. 봉우리 사이로 보이는 완도의 모습이 한 폭의 동양화처럼 보였다. 이를 배경으로 모두들 돌아가며 각자 자신만의 기념사진을 남겼다. 문바우재부터는 내리막 하산 길이다. 어렵지는 않았으나 조심해야 했다. 하산 길에 안전 난간 등이 없었다. 하산 길은 아주 고즈넉했다. 이쪽 방면으로는 하산하는 분들이 거의 없었다. 대부분 삼거리에서 달마고도로 내려서서 편한 길로 하산하는 듯했다. 아니면 어렵게 해남까지 먼 길을 달려왔으니 도솔암까지 능선 종주를 하는 듯했다.

우리는 장시간 산행에 대한 욕심은 이제 버리고 산 자체를 즐기고 적당히 운동하는 쪽으로 방향을 잡았기에 큰 아쉬움은 없었다. 어느 정도 내려서자 올라왔던 길과 합류되는 길이 나타났다. 산행 코스가 조금 짧았고 달마고도 1코스를 완주하지 못한 아쉬움은 있었지만 달마산 정상에서 본 조망에 감동한 여운이 그대로 남아 마음속에는 신바람만 일었다. 순식간에 들머리에 도착해서 잠시 휴식을 취한 후 본격적인 미황사 탐방에 들어갔다. 미황사가 처음인 일행들이 대부분이어서 둘러보는 표정들이 아주 밝았다.

일행들 덕분에 미황사를 세 번 둘러보게 되자 그동안 보이지 않던 전각들과 암자들이 보였다. 휙 둘러보고 가면 제대로 알 수 없다는 것을 다시금 깨달았다. 해 질 녘 노을이 대웅전을 비롯해 전각들을 황금색으로 아름답게 물들인다고 해서 미황사(美黃寺)로 이름을 지었다고 했다. 달마산 정상에서 바라보는 저녁노을은 얼마나 아름다울지 가늠이 되지 않았지만 부처님의 자비가 노을에 담겨 달마산과 미황사를 환히 비추어 주지 않을까 했다. 땅끝 마을 해남의 명산 달마산과 아름다운 절 미황사는 해남을 돋보이게 하는 일등공신이 아닐까 했다. 평온한 들판과 수려한 바다를 품고 있는 해남은 달마산으로 인해 빛나는 해남으로 거듭날 듯했다.

(2022.4)

문바우재에서 바라본 완도

두륜산 케이블카

천 년 고찰 대흥사를 품은 두륜산은 부처의 산이다. 9개의 봉우리가 병풍을 두른 듯 우아한 자태로 펼쳐져 있고 각 봉우리마다 개성 넘치는 기개를 지닌 채 의연했다. 1천 미터도 훨씬 못 미치는 그다지 높은 산은 아니지만 산 정상의 조망은 1천 미터 급 큰 산의 그것과도 뒤지지 않았다. 그야말로 일망무제의 조망을 자랑했다. 국보급 보물을 지닌 북미륵암을 비롯해 적지 않은 암자들이 두륜산의 품 안에서 그들만의 독특함을 풍기며 안온했다.

천 년 고찰 대흥사만을 둘러보아도 좋지만 시간을 내어 체력이 허락하는 범위 내에서 두륜산 일부 구간만이라도 함께 걸어 본다면 두륜산의 진면목을 느껴 볼 수 있지 않을까 싶었다. 코스에 따라 다르겠지만 대략 3시간 30분에서 5시간 정도의 시간이 필요하다. 명산 탐방은 시간을 들인 만큼 얻는 것은 그 이상이라는 것을 아는 분들은 안다. 마침 두륜산 케이블카도 있어 이를 이용한다면 좀 더 편하게 두륜산을 산행할 수 있고 둘러볼 수도 있다. 케이블카를 이용하면 두륜산 아홉 봉우리 중의 하나인 고계봉 정상에서 다도해의 수려한 경관을 감상하는 꿈같은 시간을 보낼 수 있다.

두륜산 케이블카는 대흥사에서 멀지 않았다. 대흥사 가기 전 두륜산의 풍채를 먼저 느껴 보고 가는 것이 대흥사를 제대로 이해할 수 있다는 생각으로 케이블카를 이용하기로 했다. 20분 간격으로 운행하는 케이블카 승강장이 한산했다. 코로나 19의 영향이 이곳까지 영향을 크게 미치고 있었다. 덕분에 줄 서서 기다리는 피곤함은 덜었지만 여행지다운 느낌은 없고 쓸쓸함만이 감돌았다. 다행히도 출발시간이 되면 어디서 나타났는지 50명 정원에는 못 미쳤지만 수십 명의 사람들이 나타나 케이블카 운영에 큰 도움을 주고 있었다.

코로나 19가 없었다면 케이블카를 이용하기 위해서는 상당한 시간을 기다려야 하는 지루함을 견뎌야 했을 것이다. 정원을 거의 채운 케이블카가 미끄러지듯 두륜산 정상을 향해 출발하자 함께 탄 승객들의 입에서 작은 탄성이 터졌다. 부드러운 출발과 미끄러지듯 이동하는 현대식 케이블카에 감동을 받은 것도 있지만 땅끝 마을 해남의 수려한 경관을 두륜산 정상에서 곧 보게 될 것이라는 기대감의 표현이지 않을까 했다. 미끄러지듯 부드럽게 고계봉 정상을 향해 오르는 케이블카 안에서 늦가을의 정취를 한껏 보여 주는 두륜산을 보는 느낌이 좋았다. 4월 연둣빛이 감도는 봄철이면 더욱 환상적일 듯했다.

출발 8분여 만에 상부 승강장에 우리를 내려놓았다. 케이블카의 가장 큰 장점은 아주 짧은 시간에 새로운 공간으로 순간 이동시켜 주는 마력을 지녔다는 것이다. 600여 m의 높이의 상부 승강장에 내려 10여 분 정도 잠시 계단을 걸어 오르면 두륜산 고계봉 정상이다. 고계봉 정상 옆에 세워 놓은 전망대는 다도해 조망으로는 최고의 환경을 지녔다. 먼저 고계봉(638m) 정상에서 인증 샷을 찍었다. 걸어서 오른 정상이 아니어서 감동은 덜했으나 조망만은 탁월했다. 고계봉을 시발점으로 다양한 등산 코스가 존재하니 참고하셨으면 한다.

(2021.10)

고계봉 전망대에서 바라본 케이블카 상부 정류장

두륜산 고계봉 전망대

고계봉과 나란히 서 있는 전망대에 올랐다. 전망대 공간이 아주 넓었다. 해남 최고의 조망처로 불러도 좋을 만큼 탁월한 조망을 자랑했다. 강진의 주작산, 덕룡산은 바로 코앞에서 공룡의 등뼈 같은 능선을 모두 드러냈다. 영암의 월출산은 해남 뭇 산들의 제왕처럼 우뚝했다. 광주 무등산은 먼발치에서 이곳을 바라보며 언제든 자웅을 겨루어 보자는 표정으로 무심함을 자랑했다. 수많은 섬들이 점점이 떠 있는 다도해는 그야말로 바다와 더불어 한 폭의 그림을 자아냈다. 거대한 섬 완도, 진도는 이곳도 다녀가라고 손짓하며 반가운 표정으로 우리를 부르고 있었다. 이런 풍광을 보고 있으니 대한민국에 태어난 사실이 고맙고 또 감사했다.

청명한 날이면 이곳에서 한라산을 볼 수도 있다고 한다. 오늘은 아주 청명한 날이 아니어서 한라산은 볼 수 없었다. 이곳에서 보는 두륜산은 전체적으로 안온했다. 9개의 봉우리를 이으면 수레바퀴 같다고 해서 두륜산(頭輪山)으로 이름 지었다고 한다. 옛 분들의 작명 솜씨는 혀를 내두르게 했다. 높은 산은 아니지만 봉우리의 이름들이 영험함을 지닌 듯했다. 고계봉(高髻峯), 노승봉, 가련봉(주봉), 두륜봉, 투구봉, 도솔봉, 연화봉, 혈망봉, 향로봉이 서로 이웃하며 서로를 높여 주고 있었다.

산 조망 중에 으뜸은 바다와 산을 동시에 보는 것이다. 해남의 산들은 이 모든 것들을 갖추었다. 산세도 유순하고 수많은 섬들이 떠 있는 바다를 바라보는 맛은 최고라고 할 만했다. 산과 바다가 자웅을 겨루는 듯했지만 서로를 보듬어 주며 조화로운 모습을 이루고 있는 것을 보고 있으니 자연은 각자의 개성을 존중하되 서로를 비난하지 말고 살아가라고 인간들에게 이야기해 주고 있는 듯했다. 조화로운 삶이 가장 이상적인 삶의 모델임을 있는 그대로의 모습으로 표현하고 있었다. 산 정상에 섰을 때 지상에서는 느낄 수 없는 자연의 모습이 드러나는 듯했다.

해남 두륜산의 수려한 능선이 석양빛에 홀로 도드라졌다. 내년에 다시 한번 방문해서 산 능선을 타고 두륜산의 정기를 느끼고 체험하는 시간을 가져야겠다는 생각이 불쑥 들었다. 큰마음을 내야 올 수 있는 곳이지만 해남이라는 말만 떠올려도 따뜻한 미소가 번지기에 가겠다는 마음만 내면 될 듯했다. 멀고도 가까운 고장 해남은 마음의 고향으로 내 마음속에 단단히 자리 잡을 듯했다. 단풍이 곱게 드는 가을날 대흥사가 있는 장춘동 천년 숲길을 걷고 두륜산 고계봉에 올라 두륜산을 두루 살피면 때 묻지 않은 해남의 속살을 만끽한 느낌을 받는다고 한다. 해남은 어디에서 하루를 보내든 하루를 온전히 살았다는 신비한 체험을 할 수 있는 대한민국 답사 여행 1번지로 적극 추천드리고 싶다.

아무튼, 여행
해남, 강진, 완도, 보길도, 진도

교회 최대 기념일의 하나인 부활절이 얼마 남지 않았다. 부활절이 주는 의미는 다양하다. 새로운 탄생이라는 의미와 삶은 죽음으로 모든 것이 끝나 버리지 않는다는 의미도 있다. 또한 부활을 통해 새로 시작할 수 있다는 빛나는 희망을 가져 볼 수 있다는 점에서 새삼 삶을 되돌아보게 한다. 어느 목사님은 창조주의 무한한 생명이 이미 우리 안에 있다는 증거라고도 했다. 부활절을 기뻐해야 하는 이유가 여기에 있다고 한다.

다시 말하면 인간에 대한 창조주의 뜨거운 사랑의 표현이라고 이야기해도 무방할 듯했다. 불교에서 말하는 자신의 몸안에 부처가 있으니 그것을 깨닫는 순간 부처가 된다는 진리와 닿아 있는 듯했다. 진리는 본질을 추구해야 알 수 있다. 해남에 와서 문득 떠오른 생각 중의 하나는 창조주의 사랑이었다. 창조주의 사랑이 없다면 인간이라는 존재뿐만 아니라 모든 자연이 존재하였을까 하는 우매한 생각을 하게 되었다. 눈에 보이는 것 모두가 창조주의 인간에 대한 지극한 사랑의 표현인 것임을 이제야 깨달았다.

(2021.10)

고계봉 전망대의 주변 조망 안내도

대흥사 장춘(長春) 숲길

대흥사는 두륜산의 품 안에서 아늑했다. 대한민국 최고의 숲길 중 하나로 꼽는 대흥사 장춘 숲길은 늦가을임에도 농밀하면서도 찬란했다. 봄이면 대한민국에서 가장 아름다운 숲길의 하나로 단단히 자리 매김하고 있는 곳이다. 일명 장춘 숲길이라고 하는데 언제나 봄 같은 느낌을 준다고 해서 장춘(長春)이라는 이름이 붙여졌다고 했다. 입구에서 약 4㎞의 긴 숲길도 작명에 한몫을 한 듯했다. 천천히 걸으면 1시간 정도 소요되는 길이지만 빠른 걸음으로 걸으면 40분 정도 걸린다.

화려하고 고즈넉한 숲길이 아스팔트로 포장되어 걷는 느낌은 반감되었지만 그래도 여전히 찬란한 아름다움을 자랑했다. 숲이 좋고 다양한 식생 분포를 지닌 두륜산의 진면목이 이곳에서도 느껴졌다. 삼나무, 소나무를 비롯하여 동백, 왕벚, 편백나무 등이 빼곡했다. 아스팔트 가로수 길 옆으로 계곡을 따라 이어지는 '물소리 길'이라는 예쁜 이름을 지닌 길이 나란히 함께했다.

경기도 양평에도 물소리 길이 있는데 해남에도 같은 이름이 있는 것이 신기했다. 가로수가 있는 숲길로 보면 아스팔트길이 더 좋았지만 계곡을 따라 걷는 물소리 길 또한 운치가 있었다. 대흥사 들어갈 때는 가능한 계곡을 따라 있는 물소리 길을 따라 걷다가 되돌아나올 때는 아스팔트 숲길을 따라 걸었다. 차가 다니지 않는다면 훨씬 느낌이 좋았을 거라는 우매한 생각이 길을 걷는 중에 계속 내 머릿속에서 떠나지 않았다.

대흥사 가는 길에는 그 유명한 유선관이 있다. 사찰 코앞에 여관은 어딘지 어색했지만 아주 오래전부터 존재해 왔기에 지금은 대흥사와 한 가족처럼 여겨졌다. 유선관은 올해로 84년이 되었다고 한다. 최근 개보수 과정에서 1937년에 건축하였음을 알 수 있는 상량문이 발견되었다고 한다. 원래는 대흥사를 찾는 신도들이 머무는 객사 역할을 하였다고 했다. 예전에는 유선관 일대가 사하촌이었고 매표소 또한 유선관 근처의 피안교 앞에 있었다고 한다.

유선관은 새 단장을 하고 장춘 숲길에서 아늑했다. 대개 건축물은 많은 세월이 지나면 철거되어 사라지는 운명을 맞는데 그 운명을 이겨 내고 그 자리에서 자신만의 존재감을 당당히 뽐내고 있었다. 최근에 내부를 현대식으로 리모델링하여 비싼 가격으로 손님을 맞고 있다고 했다. 겉은 옛 모습 그대로 간직한 채 내부는 최신식 시설을 들여 머무는 사람으로 하여금 편히 쉬어 가도록 잘 설계해 인기 만점이라고 했다. 비싼 금액이지만 주말은 예약하기가 하늘에 별 따기라고 한다.

근대와 현대의 만남은 어딘지 모르게 우수와 향수를 불러일으키기에 당분간 그 인기는 한참 이어질 듯했다. 대흥사를 둘러본 후 돌아 나오는 길에 몰래 내부를 잠시 둘러보았다. 손님 외에는 내부를 보여 주지 않기에 체면 불구하고 입구 근처만 잠시 돌아보니 꽤 신경을 써서 리모델링한 느낌이 들었다. 입구의 방문자 센터 겸 커피

대흥사 장춘 숲길 시작구간

숍을 하고 있는 공간이 숲속에서 도드라졌다.

한옥의 마당을 그대로 살리고자 마사토와 자갈을 깔아 아늑한 분
위기를 연출했다. 과거와 현재가 만나 공존을 꾀하고 결합을 통해

가치를 증진시킴과 동시에 생명력 있는 공간으로 거듭났다. 한옥은 자연 속에 있을 때 가장 돋보인다는 진리를 증명해 주고 있었다. 숲이 좋으면 인공의 건축물도 아주 조화를 잘 이룰 수 있다는 것을 다시금 확인했다. 물론 건축물의 디자인이 좋아야 하는 것은 불문가지일 것이다. 100년 여관으로 가는 유선관이 대흥사와 더불어 영원히 함께하길 간절히 간구했다.

(2021.10)

천 년 고찰 대흥사

고즈넉한 숲속에 자리 잡은 한옥 건축물 유선관이 주변과 잘 조화를 이루고 있어 보기에 좋았다. 이런 곳에서 하룻밤만 묵고 가도 머리가 맑아지고 오랜만에 긴 숙면을 취할 수 있을 듯했다. 숲속 한복판에서 바라보는 밤하늘의 별빛은 과연 어떠할지 갑자기 궁금해졌다. 꽃 피는 봄날 장춘 숲길도 걷고 이곳에 하루 숙박하며 그런 꿈같은 시간을 보내는 날을 기대하며 정성스레 사진을 카메라에 담았다. 머리가 복잡할 때마다 가끔씩 꺼내 보면 도심에서의 삶을 자연 속으로 안내하는 도구가 되지 않을까 싶었다. 상상은 자유지만 상상으로 얻는 엔도르핀은 돈 한 푼 들지 않는 무한자원이 아닐까 싶다.

대흥사는 한국의 산지승원으로 유네스코 세계 유산에 등재되어 있는 천 년 고찰이며 차와 호국을 상징하는 대표 사찰이라고 해남 군에서 자랑스럽게 소개하고 있었다. 해남을 대표하는 사찰 중의 하나로 미황사와 쌍벽을 이루며 해남을 찾는 사람들에게 많은 감흥 을 주는 사찰이다. 장춘 숲길이 끝나는 지점에 있는 일주문이 어딘 지 모르게 어색했다. 일주문 옆으로 커다란 주차장을 만들다 보니 일주문은 왜소해지고 상징성도 잃어버렸다. 당당하고 의연해야 할 일주문이 주차장 공간으로 인해 낯설고 이상한 모습으로 변질되어 있었다.

대흥사의 상징이자 사찰 입구에서 마음을 새롭게 하고 옷매무새 를 단정히 하도록 유도하는 일주문 본래의 역할은 사라지고 단지 상징성만을 부각시킨 건축물로 자리 잡았다. 차도로 인해 넓어진 광장에 홀로 서 있는 모습이 고즈넉한 천 년 고찰의 이미지를 망쳐 버렸다. 오래된 사찰에는 오랜 세월의 흔적이 남아 있기에 신비감 도 들고 옛 선조들의 발자취가 배어 있어 현재를 사는 사람들에게 는 과거와 현재가 이어지고 있다는 느낌을 받는다.

그런 느낌은 사람을 설레게 하고 마음을 고요히 내려놓게 하는 중요한 역할을 하고 있다는 것을 간과하지 않았나 싶다. 무조건 찾는 사람이 편리하면 된다는 잘못된 생각이 천년 고찰다운 의연함을 사라지게 했다는 느낌이 강하게 들었다. 장춘 숲길의 감동이 없었다면 대흥사에 대한 기대감이 반감되지 않았을까 했다.

대흥사는 대가람이다. 46개의 전각과 국보인 북미륵암의 마애여래좌상을 비롯해 금동관음보살좌상 등의 다양한 보물을 지닌 대찰이다. 대흥사의 건물 배치가 일반 사찰과 상이했다. 넓은 터에 자리 잡아 전각들은 많았지만 복잡하다는 느낌은 전혀 들지 않았다. 특이한 것은 절을 가로지르는 금당천을 사이에 두고 남쪽과 북쪽으로 전각들을 나누어 배치한 것이 독특했다. 남원, 북원 그리고 별원(표충사, 대광명전, 박물관) 3구역으로 나뉘어져 건물들이 자리하고 있었다.

북원에는 대웅보전을 중심으로 명부전, 응진전, 산신각, 침계루, 백설당, 대향각, 청운당, 선열당 등이 있으며, 남원에는 천불전을 중심으로 용화당, 봉향각, 가허루, 세심당, 적묵당, 정진당, 만월당, 심검강 등이 위치하고 있다. 일반적인 사찰의 배치와 차별화되어 있어 특이했다. 고고한 분위기는 북원구역에 농축되어 있어 한 사찰에 두 개의 절이 공존하고 있다는 인상을 받았다.

이곳을 방문하는 분들에게는 많은 전각들 중에서 다른 것은 몰라도 대웅보전과 천불전(꽃 창살과 옥돌 불상) 그리고 서산대사의 사우(祠宇)가 있는 표충사는 꼭 보고 가시길 권해 드린다. 대흥사의 핵심 전각이며 건축물 자체도 미적으로 아름답기 때문이다. 보물로 지정되어 있고 대흥사에서 가장 오래된 문화재인 응진전 앞마당의 삼층 석탑도 시간이 되면 꼭 보고 가시길 권해 드린다. 마침 전각들 뒤로 두륜산이 석양을 받아 황금빛으로 물들어 가며 신비한 분위기를 연출하였다. 높지 않은 두륜산을 배경으로 사찰의 전각들이 안온했다.

(2021.10)

두륜봉과 대흥사 마당

대흥사와 서산대사

대흥사를 제대로 둘러보려면 1, 2시간으로는 어림없어 보였다. 안내문에는 넓은 사찰 마당에서 두륜산 봉우리를 바라보면 비로자나 부처님께서 누워 있는 모습(와불)을 볼 수 있다고 했는데 도시 촌놈은 아무리 해도 부처님 누워 있는 모습을 볼 수 없었다. 바쁜 마음으로 와서 제대로 모든 것을 보려고 하는 심보로 청정법신으로 알려진 비로자나 부처님을 한 번에 찾아낸다는 것 자체가 어불성설이지 않을까 싶었다.

너무 늦은 시간에 이곳을 찾아 석양이 서서히 지고 있는 모습을 보는 것은 좋았으나 곧 어두워진다는 생각이 앞서 마음이 바빠져 볼 것도 제대로 보지 못한 아쉬움만 잔뜩 남았다. 전반적인 분위기와 대흥사가 자리 잡은 터에 대한 느낌 그리고 다양한 전각들의 모습을 주마간산 식으로나마 본 것으로 만족하기로 했다.

해남군청, 대흥사 홈페이지 내용에 의하면 대흥사는 대한불교 조계종 제22교구 본사로 백제시대에 창건되었다고 한다. 기록이 분명하지 않아 창건과 관련하여 3가지 설이 있다고 한다. 426년에 정관존자, 544년 아도화상, 신라 말 도선 국사가 창건하였다고 하는

데 대흥사에서는 아도화상이 창건한 설을 따르고 있다고 했다. 너무 오래되어 기록이 제대로 남아 있지 않아 다양한 설이 있는 듯했다. 대략 1500년 가까운 세월의 더께가 쌓여 있는 사찰로 보면 될 듯싶다.

임진왜란 이후 서산대사의 법맥을 이은 13분의 대종사(宗師)와 13분의 대강사(講師)가 배출되면서 선과 교를 겸비한 팔도 사찰의 종원(宗院)으로서 이름을 높였다고 한다. 일찍이 서산대사께서 "전쟁을 비롯한 삼재가 미치지 못하고 만년 동안 훼손되지 않는 땅(萬年不毀之地)"으로 평가하였기에 그의 의발(衣鉢)을 이곳에 모셨고 그로 인해 1789년에 정조대왕으로부터 표충사(表忠寺) 편액을 하사받아 서산대사의 충의를 기리게 되었다고 한다. 13분의 대종사 중 한 분인 초의선사로 인해 대흥사는 우리나라 차 문화(茶文化)의 성지로 자리매김하게 되었다고 한다. 초의선사(일지암)와 서산대사의 자취가 이곳에 물씬 남아 있기에 대흥사를 차(茶)와 호국(忠)을 상징하는 대표 사찰로 지금까지 알려져 있다고 한다.

해탈문 지나 있는 너른 마당에서 바라본 대흥사 전각들 뒤로 석양에 물든 황금빛 두륜산의 모습은 내게는 평생 잊지 못할 장면으로 남았다. 대낮이었다면 결코 볼 수 없는 풍광에 잠시 넋을 잃고 바라보았다. 부처의 자비는 강렬함보다는 안온함에 가깝지만 안온함 속에는 사람에 대한 무한대의 사랑이 담겼다는 생각이 문득 들었다. 부처님 자비심의 본질을 안 것 같아 이 먼 곳까지 와서 대흥사를 제대로 돌아보지 못한 아쉬움을 잠시 뒤로 돌려놓을 수 있었다.

대흥사는 한두 번 정도 와서는 대흥사의 진면목을 알 수 없을 듯했다. 대흥사 외에도 대흥사가 품고 있는 여러 암자들도 둘러봐야 대흥사를 제대로 보았다고 할 수 있지 않을까 했다. 북미륵암의 마애여래좌상(국보)과 용화전을 비롯해 남미륵암과 진불암, 초의선사의 자취가 남아 있는 일지암도 둘러보고 두륜산 9봉 중 하나인 두륜봉 정도는 올라서 두륜산과 대흥사 일대를 내려 봐야 하지 않을까 싶었다.

그러려면 최소 2박 3일이나 3박 4일은 필요할 듯했다. 특히 유선관에서의 하룻밤은 반드시 포함해야 하지 않을까 싶다. 불빛 하나 없는 숲속에서 밤하늘의 영롱한 별도 바라보고 수많은 별들이 쏟아내는 빛의 향연을 만끽해 보고 고즈넉한 방에서 바람 소리와 나무들이 소곤소곤 이야기하는 소리를 들으며 청하는 잠은 얼마나 단잠이 될지 생각만 해도 설레는 기분이 들었다. 해남, 강진은 볼 것 많은 고장이다. 제대로 살펴보려면 1주일 정도는 시간을 내야 어설프

게나마 알 수 있지 않을까 싶다. 그만큼 농축된 아름다운 자연과 문화유산을 품고 있는 고장이다.

해남은 인문학의 보고답게 가는 곳마다 속 깊은 이야기들이 켜켜이 쌓여 있어 지루할 틈이 없었다. 먹거리 또한 대한민국에서 두 번째라고 하면 서러울 정도로 풍부하고 종류도 다양했다. 이곳에 오면 간식으로 꼭 들러서 맛볼 곳 하나를 소개드리면 피낭시에 제과점의 해남 고구마 빵을 강추드리고 싶다. 최근 인기몰이를 하고 있는 춘천에 감자를 빼닮은 감자 빵이 있다면 해남에는 고구마와 꼭 닮은 고구마 빵이 있다. 사실 고구마 빵이 원조다.

맛 좋기로 유명한 해남 고구마를 이용하여 만들었고 생김새도 아주 유사해 누구나 고구마로 오해할 정도다. 너무 달지도 않아 맛도 탁월하다. 제한된 생산량으로 금세 완판될 정도로 인기가 많다고 했다. 해남을 둘러보며 출출할 때 먹는 간식거리로 으뜸이 아닐까 했다. 소소한 즐거움을 누릴 수 있는 해남 관광 상품의 하나로 소개해 드린다. 대흥사는 대찰이지만 대찰다운 위엄보다는 자연과 동화된 모습으로 안온했다. 유선관 건너편에 있는 백화암은 대흥사의 암자지만 자리 잡은 터와 배치는 터 잡이의 정수를 보여 주었다. 절 마당에 있는 금목서의 신비스런 꽃향기가 백화암의 기품을 말해 주고 있었다. 이곳도 대흥사에 오신 김에 꼭 들러 보시길 강추드린다.

(2021.10)

서산대사의 자취가 남아 있는 전각

아무튼, 여행
해남, 강진, 완도, 보길도, 진도

2

인문답사 1번지, 강진

봄은 바람으로부터 온다

매서운 한파로 겨울 내내 사람들의 몸과 마음을 움츠리게 했던 동장군도 어느덧 자취를 감춘 듯 얼굴에 와닿는 바람에 남도의 부드러움이 묻어났다. 봄은 이미 와 있을지도 모른다는 생각에 갑자기 마음이 부산해졌다. 올해는 기필코 봄 마중을 가야겠다는 생각이 실행을 요구하며 가족들도 함께하길 강권한다. 2월 마지막 주를 디데이로 삼고 가족들에게 일정을 비워 두라고 하니 모두들 신나는 표정을 지었다. 가장으로서 위신을 세울 수 있는 기회가 될 것인지 아닌지는 여행지 선정과 여정에 있음을 아는지라 계획을 잘 수립해야 하는 부담은 있었다.

얼마 전 우연히 산림청 발행 잡지를 보다가 강진군청에서 직영하는 주작산 자연휴양림 기사를 보고 필이 꽂혔다. 가족 여행은 사실 여행지도 중요하지만 더 중요한 것은 숙소인데 아주 적격인 곳을 찾았다는 느낌이 들어 즉시 예약하고 숙소를 중심으로 대략적인 여행 스케줄을 잡았다. 미지의 곳으로 떠나는 여정은 언제나 사람의 마음을 들뜨게 한다. 대략적인 이동 경로와 코스를 정하고 나니 설레는 마음이 실행으로 빨리 옮기라고 몸을 채근했다.

맑게 갠 하늘과 1월의 한파가 물러간 따뜻한 날씨, 밝은 햇살이 고속도로를 달리는 가족들의 마음을 한층 들뜨게 했다. 모처럼의 나들이에 모두들 표정들이 해맑았다. 이렇듯 가끔씩 가족들끼리 오순도순 여행을 해야지 하면서도 잘 안 되는 것이 우리네 삶이다. 의도적으로 미리 계획을 세우지 않으면 안 된다는 것을 경험으로 알고 있기에 이제는 아예 1년 치 여행 계획을 연초에 세워 놓았다. (실천이 잘될지는 두고 볼 일이다) 첫 단추를 잘 꿰어야 모든 것이 순탄하게 이루어지는 법, 2013년 첫 여행이 중요하다는 것을 알기에 이번에는 나름대로 신경을 썼다. 주작산 휴양림에 머물며 이동거리를 최대한 억제해서 주마간산(走馬看山) 식 여행에서 탈피하자는 것이다.

고속도로를 미끄러지듯이 달리는 승용차 차창 밖으로 펼쳐지는 풍경은 아직 잿빛이지만 조만간 어느 순간에 연초록으로 채색되어 사람들의 마음을 희망으로 비추어 줄 것이다. 여러 가지로 어려운 나라 경제 살림이지만 연초록 초목에서 희망이라는 단어를 가슴에 보듬을 수 있다면 나라님에 대한 기대심보다 더 희망적인 속삭임을 들을 수 있으리라. 미끄러지듯이 달리는 차는 목포 톨게이트를 지나 남해 고속도로를 갈아타자 새로운 풍광이 펼쳐졌다. 잘 닦인 도로를 따라 좌우로 펼쳐지는 남도의 산들은 이미 봄을 머금은 듯 봄맞이 준비가 한창이다. 쌓인 눈들은 이미 자취를 감추고 흙 속으로 숨어들어 산천초목들을 들어 올릴 준비를 하고 있는지 산속에 자리 잡은 수목들의 자태가 꿋꿋했다.

1개월 정도 지나면 이곳은 연초록의 물결로 뒤덮일 것이다. 남도 답사 1번지로 자리 잡은 강진, 해남 일대는 평야도 많지만 제법 높은 산들이 함께 어우러져 남도 들판을 수놓고 있었다. 강진 무위사 I.C를 나와서도 고속도로 같은 국도가 이어지며 언제 이렇듯 도로가 잘 만들어졌는지 반가움과 놀라움이 교차했다.

주작산 자연휴양림

서울에서 5시간 만에 도착한 주작산 자연휴양림은 도로변에서도 4㎞나 더 안쪽으로 들어가야 하는 위치에 자리 잡았다. 들판에 우뚝 솟아 날카로운 연봉을 자랑하는 덕룡산과 주작산은 이름부터가 범상치 않았다. 풍수를 고려해 지은 이름이 아닌가 했다. 한옥 풍의 숙소에 짐을 풀고 내부를 살펴보니 아담한 크기로 인해 포근한 느낌을 받았다.

최신식 현대 시설로 잘 갖추어진 숙소는 휴양림 중에는 상급에 든다고 해도 과언이 아닐 듯했다. 방 하나, 거실 하나에 꽤 큰 욕실은 어딘지 가분수 같은 느낌을 주었지만 바닥이 따뜻해 전반적으로 훈훈한 온기가 느껴져 우리 가족이 머무는 숙소로는 안성맞춤인 듯했다. 입구 근무자에게 이곳에 대해 간단히 물어보니 꼭 가 봐야 할 곳 2곳을 말해 주었다. 하나는 주작산 흔들바위 또 하나는 일출 전망대라고 친절하게 알려 주었다.

주작산 자연휴양림 안내 설명도

영랑 생가와 시문학파 기념관

　오늘은 저녁 식사를 겸하여 외출을 해야 하니 두 곳 모두 내일 둘러보기로 하고 영랑 생가가 있는 강진 읍내로 방향을 잡았다. 영랑 생가는 강진 읍내에 다소곳이 자리 잡고 있었다. 인근에 있는 영랑 아파트라는 이름이 촌스럽지 않은 것은 영랑 생가와 거의 붙어 있다시피 하기 때문인 듯했다. 모란 시인 영랑의 생가 후원은 대나무 숲과 동백나무로 인해 안온한 모습을 하고 있었다. 전면으로는 강진만이 펼쳐 보이지만 이곳에서는 잘 보이지 않았다. 옛날에 건물들이 없었을 때는 강진만이 잘 바라다보이는 아늑한 양택 명당에 자리 잡은 집터같이 느껴졌다.

　영랑 생가 뒤편에 있는 금서당에서 바라보는 강진만은 보는 이로 하여금 평화로운 기운을 느끼게 해 주고 잠시나마 삶의 여유로움을 느끼게 해 주었다. 여행의 참맛을 느끼게 해 주는 순간이기도 했다. 금서당은 현재의 강진중앙초등학교의 전신으로 강진 신교육의 발상지라는 데 의의가 있다는 점에서 이곳에서는 꽤 유명한 건축물이다. 과거와 현재가 통섭하고 공존하고 있다는 점에서 오래도록 보전되고 존치되길 마음속으로 기원했다.

지금은 많은 건축물들로 인하여 강진만을 어렴풋이밖에 볼 수 없어 아쉽지만 예전에는 꽤 아름다운 풍광을 자랑하는 곳이었음을 짐작하게 했다. 태양 빛으로 인해 출렁이는 은빛 잔물결이 가득 찬 강진만은 보는 이로 하여금 가슴속에 꿈과 희망 그리고 아련한 옛 추억들을 떠올리게 했다. 금서당을 찬찬히 둘러보고 인근에 있는 시문학파 기념관을 둘러보며 영랑과 동시대를 살았던 시인들과(정지용, 변영로, 이하윤, 정인보, 박용철, 김현구, 신석정, 허보 등) 영랑 시인의 발자취를 돌아보며 곤궁한 시절, 이들이 써 내려간 시들이 없었다면 일반인들의 마음속에는 늘 얼음장들만 가득 차 있지 않았을까 하는 생각이 들었다.

따뜻한 감성들을 자극하는 시들이 있었기에 어려움을 이겨 낼 수 있는 정서적 뒷받침이 되어 그 험난한 시절을 살아 내는 힘이 되었을 것이라는 생각을 들게 했다. 영랑 시인이 있었기에 시문학관도 생겼으므로 강진분들은 가끔씩 시의 세계로 잠시나마 거닐어 볼 수 있는 기회가 주어져 조금은 행복하시지 않을까 하는 생각을 하며 늦은 저녁을 먹으러 영랑 생가에서 그리 멀지 않은 남도 식당으로 향했다. 6,000원 하는 남도 백반 정식이 알차고 맛깔스러웠다. 더도 덜도 않은 정갈한 음식을 맛보며 여행의 노독을 풀며 첫날 하루를 마감했다.

영랑 생가와 이웃하고 있는 시문학파 기념관

주작산 흔들바위

다음 날 일찍 눈이 떠져 곤히 자고 있는 가족들을 남겨 두고 홀로 일어나 어제 근무자께서 추천해 준 흔들바위를 찾아 천천히 올랐다. 주작산 자연휴양림 대부분의 건물들은 입구에서 한참 더 올라야 하는 곳에 자리 잡았다. 강진군에서 직영하는 곳인데 동절기 기간 중에는 휴양관 등을 전반적으로 수리해야 하기 때문에 우선은 한옥 동을 비롯해 일부만 운영하고 있었다. 입구 정문에서 10여 분 도로를 따라 올라가면 우측으로 흔들바위 팻말이 보인다.

주작산에서 덕룡봉으로 이어지는 등산길 초입에 있는 흔들바위는 신기하게도 직경 3.5m의 둥근 바위가 직경 50㎝의 작은 돌에 의지한 채 암벽 끝 낭떠러지에 잡았다. 작은 돌을 치우면 바로 굴러떨어질 것 같은데 작은 돌이 고임돌 역할을 단단히 하고 있는 모습이 신기하고 신비스러웠다. 주작산에 살고 있는 봉황의 알처럼 생긴 흔들바위는 주작산이 풍수지리학적으로 월출산과 더불어 상당한 의미를 지니고 있다는 반증 같은 느낌이 들었다.

아무리 보아도 신기했다. 고임돌이 없으면 당장이라도 낭떠러지 아래로 내달릴 듯했다. 흔들바위 있는 곳에서 휴양림 일대를 바라보니 전반적으로 포근한 온기가 느껴졌다. 멀리 덕룡봉은 도로변에서 보던 날카로운 암릉은 보이지 않고 삼각형의 봉우리를 보여 주며 편안한 느낌을 자아냈다. 전반적으로 부드럽고 유순한 이미지를 지녀 남도 들녘의 이미지와 어울리는 모습이었다. 흔들바위를 자세히 살펴보니 좌우 반으로 동강이 나 있었다. 바위가 입을 앙 하고 다문 표정이다. 작은 고임돌이 큰 바위를 지탱하고 있는 모습에서 작은 것이 위대할 수 있다는 느낌을 받았다. 큰 것, 높은 자리만 지향하는 사람들에게 작은 것도 소중하고 중요하다는 것을 잊지 말라는 무언의 가르침이다.

이정표를 보니 주작산 덕룡봉까지는 1.4㎞로 되어 있다. 1시간 반이면 다녀올 수 있는 거리지만 오늘의 일정으로 인해 차후를 기약했다. 주작산 자연휴양림에 머물 경우 주작산 덕룡봉까지 다녀오는 것도 좋은 추억여행이 될 것이라는 생각을 뒤로하고 숙소로 돌아와 간단히 아침식사를 마친 후 달마산 미황사로 천천히 드라이브하는 마음으로 출발했다. 이제는 여행도 slow mode를 선호하는 나이가 되었다. 부지런 떨던 예전의 마음은 접고 이제는 가족들이 편하게 느끼도록 시간 여유를 가지고 천천히 움직이니 나 또한 마음이 푸근해지고 넉넉한 마음이 되어 여행하는 맛이 나는 듯했다. 많은 것들을 보기보다는 여행이 주는 낯섦에 주목하고 주어진 시간에 맞춰 천천히 둘러보는 즐거움이 여행의 참의미가 아닌가 싶다.

정약용과 다산초당

다음 날 아침 눈을 뜨니 전날 맑았던 하늘에서 봄비가 추적추적 내리고 있었다. 건조한 대지가 하늘에 비를 부탁한 모양이다. 하긴 어제 남도를 돌아보면서 건조한 대지가 목말라하는 느낌을 받았는데 때가 되면 천지가 서로 호응하는 것으로 느껴졌다. 마지막 여행지로 다산초당을 찾았다. 다산 기념관을 간단히 둘러보고 건물 우측 옆으로 나 있는 길을 따라 천천히 600m 정도 떨어져 있는 다산초당 입구의 마을(귤동 마을)을 지나 언덕진 경사 길을 오르며 옛날 다산께서 이곳에 머물며 수많은 저작들을 쏟아 내셨던 시절을 떠올려 보았다.

언덕진 길 입구에 있는 대죽 숲을 지나자 어두컴컴할 정도로 우거진 수목군이 나타나며 완전히 다른 기운이 느껴졌다. 좁은 산길에 울창한 수목들이 기립하며 서 있는 이곳은 마치 심심산골에 온 듯한 착각을 불러 일으켰다. 습한 느낌과 더불어 여름철이면 더욱 울창한 숲을 이루어 빛조차 숨어들 틈이 없을 듯했다.

10여 분 더 오르자 제자들이 기숙했던 건물인 서암과 사진으로만 보던 다산초당이 나타났다. 다산초당 부근에 올라오니 비로소 하늘이 열리며 숨을 내쉴 수 있는 공간을 보여 주었다. 초당 우측에 있는 연못이 특이했다. 산 중턱에 있는 인공 연못이지만 자연스러웠다. 다소 좁은 공간인 이곳에서 제자들과 수많은 책을 편찬하셨다는 것이 좀처럼 이해되지 않았다. 다산초당도 복원한 것이라는데 실제는 더 초라했을 것이다. (1957년 강진 다산 유적 보존회에서 허물어진 초가를 대신해 정면 3칸, 측면 1칸의 기와집으로 복원함)

지혜를 남기고자 하는 열망과 열정이 없었다면 결코 이루어 내지 못할 다작을 쏟아 낸 다산께 무한한 감사와 경의를 표했다. 모든 것이 열악했던 그 시절을 감안한다면 또한 귀양살이하는 유배자 입장에서 만들어 낸 저작 활동은 수많은 후손에게 귀감이 되고도 남음이 있을 것이다. 초당 옆 연못을 따라 우측으로 조금 더 가면 동암이 있고 조금 더 올라가면 목조 건물인 천일각이 있다는 것을 모르고 지나치는 분들이 많은데 사실은 천일각에서 바라보는 강진만의 절경을 보지 않고는 다산초당이 왜 이런 곳에 자리 잡았는지 이해할 수 없을 것이다. 툭 터진 전망을 통해서 바라보는 강진만의 평화로운 풍경은 장기간의 유배지 생활로 피폐해진 심신을 다스리기에 어느 정도 일조를 했으리라는 생각이 절로 들었다.

다산초당 뒤쪽에는 해배를 앞두고 발자취를 남긴다는 뜻으로 다산께서 바위에 직접 새긴 丁石이란 글씨가 200년 가까운 세월이 흘렀음에도 선명했다. 유배생활 18년 중 10년을 이곳에 머물며 불후의 명작인《목민심서》를 비롯한 수많은 저작들을 제자들과 함께 남긴 이곳은 다산의 명성만큼이나 앞으로도 잘 관리되고 보전되어야 할 것이다. 다산초당에서 백련사로 이어지는 산길은 남도 답사 여행의 백미로 불리는 길이다. 오늘은 가족들끼리 왔기에 다음 기회로 미루고 다산초당 마루에 걸터앉아 잠시 다산 선생의 이곳 생활을 상상으로나마 생각해 보는 시간을 가졌다.

초연하게 자연과 더불어 편안한 생활로 일생을 마무리할 수도 있는 방법도 있었겠지만 저작 활동 등으로 수놓은 귀양 생활은 일에 대한 욕심과 더불어 경험했던 것들을 후세에 전하겠다는 일념으로 모든 것을 다 던진 다산의 높은 뜻을 다시 한번 가슴에 새겼다. 천천히 걸터앉았던 자리에서 일어나 다시 한번 일대 전체를 둘러보고 천천히 하산 길로 들어섰다. 물기로 인해 미끄러운 내리막을 조심조심 내려오다 보니 정호승 시인의 시가 쓰인 표지판이 눈에 들어왔다. 다산초당 가는 길에서 느낀 감정을 〈뿌리의 길〉이라는 시로 가슴 절절히 풀어냈다. "더러는 슬픔 가운데 눈물을 달고 지상으로 힘껏 뿌리를 뻗는다"는 시구가 특히 가슴에 닿았다.

다산초당 내려오는 길 좌측에 있는 무덤은 다산의 외가 친척 되는 윤단의 묘인데 강진을 떠돌던 다산을 이곳에 정착하도록 권유했던 분이라고 한다. 다산초당을 내려오며 200년 전 다산 선생과 그의 제자들이 10년 동안 기거하며 지냈던 이곳이 그대로 보전되고 있음에 고맙고 감사한 마음이 가슴 저 밑에서 뜨겁게 올라왔다. 후손들이 자주 찾아 다산 선생의 유지를 새기고 그분의 사상을 학습함으로써 대한민국을 더욱 발전된 모습으로 만들어 가길 기원했다.

백련사와 동백나무 군락

　다산초당에서 멀지 않은 곳에 자리 잡은 백련사는 고즈넉한 사찰이나 주변에 있는 동백나무 군락으로 인해 유명해진 곳이다. 기록에 의하면 839년 무염선사가 창건했다고 전해지며 1760년 화재로 수백 칸을 다 태우고 2년여에 걸친 중창 끝에 오늘의 모습을 갖추었다고 한다. 물론 다산초당이 인근에 있어 한층 부각되었지만 백련사 동백나무 군락의 위용은 대단했다. 5만 ㎡이나 되는 면적에 1,500여 그루의 동백나무가 군락을 이뤄 천연기념물로 지정되어 있는 이곳의 동백은 대부분 이른 봄에 피워 춘백이라고 하는데 나는 이렇게 잘 자란 그리고 이렇게 큰 동백나무 군락지는 처음 보았다.

　이 꽃들이 만개한다면 황홀한 아름다움을 뿜어내리라. 동백꽃은 사실 화려한 꽃은 아니다. 화려하다고 느끼는 순간 화려함 그 모습 그대로 땅에 떨어지는 꽃이다. 한동안 땅에 머물면서도 잠시의 화려함을 그대로 간직하고 있는 꽃이다. 어찌 보면 섬뜩한 이미지를 주는 꽃이다. 아름다움의 극치는 결국 죽음에 있다는 것을 상징하는 꽃으로 여겨졌다.

화무십일홍(花無十日紅)이라는 삶의 교훈을 눈 똑바로 보고 배우라는 무언의 지혜를 알려 주는 꽃이다. 동시에 일정 기간 동안 계속해서 피고 지고를 반복하는 꽃이기 때문에 화려함보다는 순수한 아름다움이 느껴지는 꽃이기도 하다. 절개 있고 지조 있는 선비의 꽃이라고나 해야 할까? 이 정도로 크려면 얼마나 자라야 할까? 생육 상태가 좋아야 하고 인간의 등쌀을 벗어나 관리되어야만 클 수 있는 크기로 볼 때 이곳은 아마도 동백나무 자생지로서 최적의 장소로 여겨졌다.

물론 동백나무 군락이 잘 자란 배경에는 고찰 백련사도 그 역할을 톡톡히 하였을 것이다. 아직 대부분 봉오리만 맺힌 동백나무 군락을 바라보는 것만으로도 가슴이 벅찬데 꽃이 필 경우는 얼마나 사람들의 마음을 홀릴지 상상을 해 보았다. 백련사 대웅전 앞에서 다시 한번 주변의 동백군락들을 눈 속에 담아 보는 눈요기를 마음껏 해 보고 천천히 남도 여행을 마무리했다. 영랑 생가로 시작해 백련사로 마무리한 남도 답사 1번지 해남, 강진 여행. 언제라도 다시 오면 남도의 산하를 품에 안고 뒹굴고 싶다.

천진난만한 아이의 마음으로 와서 마음껏 동심의 세계에서 느끼고 즐기며 마음껏 남도의 하늘을 우러르고 싶다. 남도 답사 1번지 해남, 강진 여행은 서울의 팍팍한 삶으로 인해 다소 허전해진 우리 가족들의 가슴속에 희망과 삶에 대한 고마움을 새롭게 불러일으켜 준 고마운 여행으로 기억 속에 오랫동안 남아 있을 듯했다. 여행은 일상에서의 탈출일 때만이 그 의미와 가치가 있음을 다시 한번 마음속에 새기며 다음의 가족 여행을 생각해 본다. 안녕! 해남, 강진아! 다시 보자, 백련사야!

(이 글은 2013.3.24.~26 가족 여행기입니다. 시간의 간극은 있지만 그 당시 느꼈던 강진 여행에 대한 감흥이 그대로 녹아 있기에 실었음을 이해해 주셨으면 합니다)

강진 무위사(無爲寺)

천 년 고찰 무위사는 월출산의 품 안에서 안온했다. 남녘의 금강산으로 불리는 월출산의 상서로운 기운이 무위사에 머물며 천 년 이상을 돌보고 있는 듯 여느 사찰과 다른 품격이 느껴졌다. 전반적으로 차분하면서도 순박했고 절제의 미학이 돋보였다. 일주문에서 핵심 공간인 극락보전 마당까지 이어지는 진입로가 들뜬 마음을 차분하게 했다. 서서히 높아지는 진입부가 부담스럽지 않았다. 건물 배치는 일반 사찰의 정형을 닮았으나 극락보전 앞마당의 커다란 팽나무 두 그루가 돋보였다. 마당을 내려다보며 극락보전과 한 공간을 이룬 채 사방으로 터진 마당의 틈에서 새어 나가는 기운을 막아주고 있었다.

강진 무위사는 유홍준 교수로 인해 명성을 알리기 시작한 이후 남도 답사 일번지로 확실히 자리매김하고 있는 중이다. 국보와 보물 등 찬란한 문화재도 많아 내가 보기엔 속칭 건축미술(박물)관으로 불러도 손색이 없었다. 물론 나만의 기준이다. 무위사는 한 번 훌쩍 와서 휘휘 둘러보고 가는 사찰이 아니다. 최고급 건축미술 작품이 전시되어 있는 공간이기에 시간을 내어 천천히 둘러보아야 한다. 발걸음 한 번 하려면 큰마음을 내야 하는 서울, 수도권에서 오는 분들이라면 더더욱 그래야 하는 곳이다.

아미타불을 모시고 있는 극락보전은 국보로 지정될 정도로 건축미와 비례미가 돋보였고 내부에 있는 아미타여래 삼존좌상과 아미타여래 삼존벽화는 한국 불교 미술의 극치에 가깝다. 물론 내가 보는 기준이기도 하지만 미술을 공부한 사람이라면 이구동성으로 하는 말이다. 그분들의 안목에는 미치지 못하더라도 각자의 안목으로 살피고 바라보면 느끼는 바가 많지 않을까 싶다.

무위사 진입부

건축을 전공한 내게도 극락보전은 무척 아름답게 느껴졌다. 정면 3칸, 측면 3칸의 맞배지붕으로 되어 있어 어딘지 모르게 차분하면서도 묵직한 기운이 느껴졌다. 간결하면서도 군더더기 하나 없는 완벽에 가까운 건축물로 느껴졌다. 디테일도 도드라졌다. 공포와 기둥 그리고 창호 또한 건물과 완벽한 합체를 이루며 한 몸을 이루고 있다는 느낌이 들었다.

국내 현존하는 조선시대 건축물 중 가장 오래된 건물이고 보존 상태와 건축미가 뛰어나 국보로 지정된 듯싶다. 국보와 보물은 사

아무튼, 여행
해남, 강진, 완도, 보길도, 진도

실 종이 한 장의 차이만큼 작기도 하지만 어떤 면에서는 결코 동일 선상에 놓을 수 없는 차이가 존재한다. 어디까지나 사람의 기준이기에 이 또한 시간이 지나면 많은 보물이 국보로 지정될 확률이 높다. 아직은 근·현대의 미술품을 보물, 국보로 지정하지 않고 있지만 세월이 좀 더 지나면 근·현대 미술품과 건축물 등도 상당 부분 보물 또는 국보로 지정되지 않을까 싶다.

(2021.10)

무위(無爲)

대한민국은 선사 시대를 포함, 거의 일만 년의 역사를 지닌 국가다. 발굴되지 않은 수많은 문화재와 분류하지 못한 채 수장고에 쌓여 있는 문화재들까지 체계적으로 정리하여 어느 정도 자리가 잡혀야 새로이 보물 혹은 국보로 지정되는 문화재들이 나오지 않을까 싶다. 곳곳에 산재되어 있는 다양한 문화재의 관리 또한 무척 중요하기에 예산과 인력 등의 문제 또한 무시할 수 없는 일이다. 모든 일에는 시간이 필요하기에 국민 된 한 사람으로서 늘 아쉬움을 가지고 지켜볼 따름이다. 화재나 손, 망실 등으로 사라지기 전에 하나라도 더 볼 요량으로 열심히 다니고 있지만 너무 많은 욕심을 내어서는 안 될 것이다.

전국적으로 분포된 문화재의 양도 어마어마하게 많지만 매번 문화재가 있는 장소를 두루 다녀오려면 많은 시간을 쏟아야 하기에 방문할 때마다 하나를 보더라도 세밀하게 살피며 온전히 집중하여 보는 것이 옳은 방법임을 오래전에 깨달았다. 오래된 문화유산은 찬찬히 살피지 않으면 제대로 알 수 없다.

옛 선조분들의 의도와 그분들이 표현하고자 했던 것들을 알아내려면 필수적으로 거쳐야 하는 과정이다. 여행과 문화유산 답사는 절대 욕심을 부려서는 안 되는 일이다. 마음을 내려놓기 위해 떠나는 답사 여행이 자칫 욕망의 노예로 변질되는 것으로 방기하는 것은 어리석은 일이다. 일주문 현판에 쓰여 있는 월출산 무위사의 글자 중 '무위(無爲)'라는 단어가 눈에 확 들어왔다. 노장사상의 핵심 사상을 사찰 이름으로 작명한 분의 혜안이 놀라웠다.

무위는 가능한 아무것도 하지 않는 행위를 말한다. 모든 종교의 본질은 자기 구원과 홍익(弘益)에 있다. 자신을 구원하고 널리 인간을 이롭게 하는 차원에서 감사와 사랑을 나누는 것이다. 불교 역

아무튼, 여행
해남, 강진, 완도, 보길도, 진도

시 철학에 가까운 종교이지만 대동소이하다. 단지 하나 차별화되는 것은 자신의 본성을 깨닫는 것을 궁극의 목적으로 하고 있다는 것이다. 교육의 본질이 자아 발견이라고 하지만 오늘날 배움의 현장에서는 결코 달성할 수 없는 일이 되었다는 것은 누구나 아는 사실이다.

화두를 틀고 수십 년을 집중해도 쉽지 않은 일을 그동안 허울 좋은 생각의 틀에 매여 제대로 이해하려고 하기보다는 우리는 머릿속으로만 인식하고 있을 뿐이다. 본성을 깨달은 사람에게는 말과 행동에 거침이 없다고 한다. 물론 한 번 깨달은 사람도 확실한 보림의 시기를 거치지 않으면 깨달음도 공염불이 될 정도로 어려운 경지임은 분명하다. 무위 또한 불완전한 우리 인간에게는 결코 쉬운 일이 아니다. 하루에도 오만 가지 생각을 달고 사는 사람에게 무위란 남의 이야기로 비춰질 수도 있지만 잘 새겨 보면 참으로 지혜로운 말이 아닐 수 없다.

아무것도 하지 않고 그냥 놔두어도 될 일을 인간의 조바심과 다양한 자신만의 생각들이 사고를 친다. 꼭 필요한 것들만 각자의 위치에서 철저히 하고 그 외는 신경 쓰지 않으면 잘되는 일이 얼마나 많은가? 옛 속담에 긁어 부스럼이라는 말 또한 무위 사상에 가깝지 않을까 했다.

무위사 극락보전 앞마당

무위사(無爲寺) 극락보전

불교에서 추구하는 것도 무위를 중심에 두고 한다면 좀 더 빠른
깨달음을 얻지 않을까 싶었다. 강진 무위사에 와서 사족이 너무 길

아무튼, 여행
해남, 강진, 완도, 보길도, 진도

었다. 무위사라는 이름이 내게 주는 의미가 남다르게 느껴졌고 다시금 노장사상을 떠올리게 했기 때문이다. 모든 종교는 인간적인 면과 신적인 면 두 가지를 지니고 있다는 생각으로 일목요연하게 정리가 되었다.

한창 전성기 시절의 무위사는 23개의 전각과 35개의 암자를 지닌 대찰이었다고 한다. 내가 보기엔 지금의 아담한 모습이 더 나아 보였다. 걸출한 월출산의 품 안에서 정진에 힘쓰는 도량을 추구한다면 대찰보다는 지금의 규모가 낮지 않을까 싶었다. 사찰이 너무 알려지면 수행자에게는 불편하다는 것은 자명한 일이다. 이미 유명해진 사찰이지만 지금의 규모를 유지한다면 방문객 또한 무한정으로 늘어나지는 않을 듯했다.

강진군청 홈페이지와 리플렛에 이르길 무위사는 617년(신라 진평왕 39년)에 원효국사가 창건하였다고 한다. 무위사에서 가장 오래된 건물인 극락보전은 1430년(세종 12년)에 지어진 건물로 현존하는 조선시대 건축물 중 가장 오래된 건축물이다. 측면의 모습과 맞배지붕을 한 건물 형태는 수덕사 대웅전과 매우 닮았다. 건축물 전체가 국보로 지정된 건물은 많지 않기에 더욱 귀하게 느껴졌다.

극락보전을 비롯해 무위사에 오시면 꼭 놓쳐서는 안 되는 문화유산으로 극락보전 내에 있는 아미타여래 삼존좌상(보물)과 삼존좌상 후면에 있는 아미타여래 삼존벽화(국보)를 비롯해 백의관음도(보물), 내벽 사면 벽화(보물)와 옥외에 있는 선각대사탑비(보물) 등은 꼭 보고 가시길 권해 드린다. 특히 시간을 내어 성보 박물관도 들러 보면 좋다. 삼존벽화와 백의관음도 등의 모사품을 가까이서 볼 수 있어 불교 미술의 정수를 제대로 감상해 볼 수 있다. 모두 극락보전을 중심으로 지근거리에 있으니 참조하시기 바란다. 특히 아미타여래 삼존벽화와 백의 관음도는 화려한 색감과 정교한 디테일 그리고 구도의 자연스러움이 돋보였다.

무위사는 죽은 영혼을 달래는 수륙재를 행했던 사찰이어서 중심 건물은 석가모니불을 모신 대웅전이 아니라 극락정토 세계를 관장하는 아마티여래를 모신 극락보전이라고 한다. 사찰마다 나름 고유의 업무와 특징을 지니고 있다는 것이 새롭게 다가왔다. 삼척 무릉계곡에 있는 삼화사가 국행수륙대재를 매년 정기적으로 지낸다고 하는데 무위사 또한 수륙재를 통해 물과 육지에 존재했던 동물들의 죽은 영혼을 달래 주는 의식을 통해 자비로운 세상을 만들기 위해 일조하고 있었다.

국보 무위사 극락보전

사찰을 방문할 때마다 드는 생각이지만 종교적 색채를 띤 그림과 조각 등은 많은 시간과 정성을 쏟은 작품이어서인지 느껴지는 감흥이 남다르다. 일념을 가지고 온 정성을 쏟아부은 작품으로 느껴졌고 그런 작품은 쉽게 훼손되지 않는 듯했다. 각자의 자리에서 맡은 바 업무에 온 정성을 쏟고 오지랖 넓게 행동하지 않는다면(무위를 실천하는 삶을 산다면) 대한민국은 빠른 시간 내에 최고의 문화 선진국으로 우뚝 서지 않을까 싶었다.

선조들이 남긴 수많은 문화유산들을 보면서 대한민국은 문화 대국의 기초는 튼실하다는 생각이 새삼 들었다. 그 점을 무위사는 온몸으로 보여 주고 있었다. 문화유산은 오래된 미래라는 말을 다시 한번 실감나도록 느끼게 해 준 무위사는 월출산 품 안에서 단연 도드라졌다.

(2021.10)

오설록 강진다원(월출산 다원)

남도 답사 1번지를 자처하고 있는 강진, 해남은 아주 긴밀한 이웃 사촌이다. 자연환경도 비슷하고 살아가는 모습 또한 유사해 이곳을 여행하다 보면 동일한 고장이라는 느낌이 든다. 유홍준 교수로 인해 더욱 널리 알려진 강진, 해남은 언제 가도 따뜻하고 푸근하게 맞아 주는 듯한 느낌을 주는 고장이다. 월출산은 강진과 영암의 경계에 있는 호남의 소금강으로 사시사철 아름다운 풍광을 뽐내며 산객들을 유혹하고 있다. 너른 벌판에 홀로 우뚝 선 모습은 가히 남녘의 금강산이라 할 만했다. 해발 809m 정도여서 그다지 높은 산은 아니지만 정상인 천황봉을 오르려면 가파른 능선 길을 힘들게 올라야 한다. 평지에서 불쑥 솟아올라 일반인들에게는 1,000m 이상의 높은 산으로 느껴지는 산이다.

최고봉인 천황봉을 최단거리로 오르려면 영암 방면의 천황사나 강진 방면의 경포대 탐방지원센터에서 시작하면 쉽다. 일부 등산로 는 가파르고 불꽃같이 생긴 봉우리의 모습은 마치 금강산을 연상케 한다. 종주코스는 도갑사에서 시작하여 천황사로 이어지는 코스가 좋다. 시간은 6시간 반 정도 소요되지만 그다지 힘들지는 않다. 천황 봉 오르는 마지막 구간만 조금 인내하면 그다음부터는 어렵지 않다.

오설록 강진다원은 월출산을 병풍처럼 두르고 약 10만 평의 규모 로 넓게 퍼져 있었다. 보성다원과 제주다원만 알고 있었던 내게는 신천지 같은 느낌으로 다가왔다. 월출산 자락에 이런 거대한 차밭 이 조성되어 있다는 것을 이번 답사를 통해 우연히 알게 되었다. 거 대한 차밭이 고즈넉했다. 제주 오설록 다원의 떠들썩한 분위기와는 사뭇 달라 좋았다. 같은 회사에서 관리, 재배하고 있지만 이곳은 특 별히 소개하고 있지 않은 것이 특이했다. 오설록 홈피에도 제주 오 설록 이야기만 실려 있고 월출산 강진다원은 조금도 소개하지 않고 있는 것이 의아했다.

아모레퍼시픽(구 태평양) 창업자인 고 서성환 회장께서 1982년에 조성하여 오늘날까지 40여 년을 재배해 오고 있는 오랜 역사를 자랑하는 이곳이 제대로 알려지지 않은 것이 이상할 정도였다. 주로 생산만 하고 가공 등은 다른 곳에서 하기에 그럴 필요성을 느끼지 못하지 않았나 싶다. 바로 인근의 백운동 원림과 월남사지가 가까운 거리에 있어 관광코스로도 크게 돋보일 만도 한데 그리 하지 않은 것은 제주다원에 비해 규모도 작고 제주 오설록처럼 꾸미려면 많은 비용을 쏟아야 하는데 방문객은 그 비용을 감당할 정도로 오기에는 힘든 입지라고 여긴 듯했다.

향후 자율 주행차가 보편화되고 국민 여가 활동이 조금 더 활성화되는 시점이 오면 아마 이곳도 제주 오설록 못지않은 명품 관광 문화단지가 되지 않을까 했다. 다산 정약용과 초의선사의 체취가 물씬 풍기는 이곳이 사실 차의 본향에 가깝기 때문이다. 우리나라 최초의 녹차 브랜드라고 알려진 이한영 선생의 '백운 옥판차'가 생산되던 차 산지로 유명했고 지금도 이한영 선생의 후손께서 월출산 자락의 야생 차밭에서 아직도 수작업으로 수확, 가공하여 판매하고 있다.

코로나가 조금씩 수그러들고 있다. 공포를 자아냈던 코로나도 언젠가는 끝이 나지 않을까 싶다. 삶은 견디는 일이고 그 과정에서 삶의 가치를 느낄 수 있다. 견딤이 쓰임을 낳는다는 말이 있다. 정호

승 시인이 한 이야기다. 시인의 통찰은 예리하다. 완성은 견딤으로써 이루어질 수 있다는 말에 전적으로 동의하지만 인내의 과정에는 희망이 있어야 한다. 희망의 실마리와 다가올 미래는 오래된 역사 속에 답이 있다. 창조주께서 창조하신 자연은 우리의 희망이자 삶의 원동력이다. 지치고 힘들 때 자연만 한 위로의 대상은 없다. 평소에 내면을 위로해 주고 보살펴야 어려움이 닥칠 때 이겨 낼 수 있는 힘이 되는 법이다. 10월의 차 밭이 눈이 부시도록 아름다웠다.

(2021.10)

월출산 다원 차밭

이한영 차 문화원

오설록 월출산 강진다원 인근에 이한영 선생의 후손인 이현정 박사께서 이한영 차 문화원을 열고 다도와 차에 대한 강의와 판매까지 하고 있다. 이 근처에 오시게 되면 월출산 자락에서 자생하는 차로 만든 백운 옥판차와 금릉 월산차 등의 새롭고 독특한 맛을 체험하실 수 있음을 알려 드린다. 월남사지도 바로 인근에 있어 보물로 지정되어 있는 삼층석탑의 고고한 아름다움에 넋을 놓고 매료되는 순간을 경험할 수 있다. 지극히 아름다운 것들을 보는 순간 가슴이 한껏 부풀어 오르는 뿌듯한 감동도 맛볼 수 있다.

10만 평이나 되는 거대한 오설록 차밭 사이로 걸어가는 느낌이 좋았다. 월악산 봉우리가 높아 보이지 않을 정도로 지대가 높고 경사진 곳이어서 월출산을 아주 가까이서 바라보며 너른 차밭을 걷다 보니 옹졸했던 마음이 활짝 펴졌다. 자연환경이 사람의 심리에 미치는 영향이 아주 크다는 것을 새삼 다시 깨달았다. 마음이 송곳 하나 꽂을 데가 없을 정도로 여유가 없을 때 너른 들판이나 강 또는 이런 넓은 차밭을 바라보고 있으면 다시 재충전의 시간을 맞이할 수 있지 않을까 싶다.

결국 사람은 자연의 한 부분이고 자연이 없으면 살아갈 수 없다는 것을 온몸으로 체감했다. 이한영 차 문화원에서 맛본 백운 옥판차와 금릉 월산차는 내가 맛보았던 차 중에서 보성 대한다원의 우전(雨前)차만큼 최고의 맛을 자랑했다. 차를 우린 색이 맑았고 향은 은은했다. 맛은 무색무취에 가까웠으나 목 넘김이 부드럽고 뒤끝이 깨끗했다. 종류도 다양해서 하나씩 비교하며 맛보는 재미가 있었다. 종류마다 색, 향, 맛이 다 달랐다. 원재료는 비슷해도 가공 방식에 따라 맛이 달라 신세계를 경험하는 듯했다.

백운 옥판차는 다산 정약용 선생으로 거슬러 올라간다. 강진에 머물 때 18명의 제자들과 차를 함께 만들면서 믿음을 이어 가자는 차원에서 다신계를 조직했다고 한다. 제자 중 가장 어렸던 이시헌 선생께서 스승과의 약속을 지키기 위해 해마다 해배 후 남양주 고향으로 돌아간 다산에게 차를 보냈다고 한다. 자연스럽게 후손인 이한영 선생(1868~1956)으로 이어졌고 지금은 이한영 선생의 후손으로 대학에서 이학박사 학위까지 취득한 이현정 박사에게 전수되어 내려오고 있다.

4월 곡우(穀雨) 전후로 수확한 우전차는 차 중의 으뜸이다. 아주 소량만 나오기에 제대로 맛보려면 곡우 전후가 제격이다. 차 마니 아는 아니기에 우전차가 아니어도 좋았다. 수백 년 된 야생 차밭에서 수확한 차를 맛보는 것은 쉽지 않은 경험이기에 차 한 잔에 호강한 느낌이 들었다. 차 문화원 창으로 월출산을 바라보며 마시는 차로 인해 여독으로 생긴 몸과 마음의 긴장이 스르르 풀렸다.

(2021.10)

이한영 차 문화원

백운 옥판차

현대 학문을 수학한 이현정 박사의 과학적인 연구, 노력으로 차의 제법 또한 과거보다 훨씬 개량, 발전되어 오늘에 이르고 있다고 한다. 차에 대한 뜨거운 사랑과 정성 그리고 체계적인 연구, 개발이 함께 더해져 최고의 맛을 지키고 있는 듯했다. 천 년의 세월을 이어오고 있는 월출산 자락의 야생차밭에서 생산된 백운 옥판차의 위상은 시간이 갈수록 높아질 듯했다. 일일이 수작업으로 하는 방식이어서 생산량도 제한적이기에 그 가치는 더할 듯했다.

차를 마시는 행위는 도에 가깝다고 해서 다도(茶道)라고 부르고 있다. 차는 마실수록 정신이 맑아진다고 한다. 사찰의 스님들께서 차를 마시는 이유도 정신을 맑게 하기 위함이다. 녹차에 있는 소량의 카페인은 사람에게 해로울 수도 있으나 다른 음료에 비해서는 나은 편이다. 일반인들은 처음부터 다량으로 마시기에는 부담스럽겠지만 편한 사람들과 담소를 나누며 마시는 차라면 정신을 이완시키고 부족한 수분도 보충하고 따뜻한 차로 인해 몸도 따뜻해져 면역력이 배가되는 일석삼조의 효과를 주는 차를 이번 기회를 통해 가까이하는 습관을 들이고 제대로 공부해 봐야겠다.

다도에 어느 정도 경지에 오른 분들은 차를 선택함에 매우 신중하다. 색, 향, 미 3가지를 완벽하게 갖춘 차가 최고의 차라고 하니 앞으로 차를 음미할 때 참조해 볼 요량이지만 마음이 부산한 사람에게는 언감생심이지 않을까 싶다. 그래도 차를 마실 때마다 떠올려 본다면 차를 모르는 문외한인 사람들 앞에서 차에 대해 덕담 정도는 던질 수 있지 않을까 싶다. 내가 10년 전 맛본 보성 대한다원의 우전차는 색, 향, 미 3가지가 그동안 마셨던 차와는 차원이 달랐다. 색은 영롱했고 향은 깨끗한 자연의 공기에 머무는 나무향이 났고 맛은 부드럽고 달콤했다. 그 차이는 일반 싸구려 양주와 발렌 타인 30년 산 양주의 차이만큼이나 컸다.

녹차의 맛은 다 똑같다고 생각한 내게는 문화적 충격에 가까웠다. 그런 차는 우전차가 만들어지는 시기의 해당 다원에서 마셔야만 그 맛을 느낄 수가 있다. 살아 있는 맛이라고 하는 표현이 맞을 정도로 지금도 그 맛은 잊히지 않는다. 24절기 중 여섯 번째 절기인 봄비가 내려서 온갖 곡식을 기름지게 한다는 곡우(穀雨) 직전(4월 20일 전후)에 갓 따서 만든 차가 우전이고 차 중에서 최고로 치기에 가격도 매우 비싸지만 한 잔 정도의 호사는 필히 누려 보시길 강추드린다. 남도(인문) 답사 1번지 강진, 해남 여행의 마무리를 이한영 차 문화원에서 백운 옥판차로 마무리하게 되어 기뻤다. 월출산이 바라보이

는 곳에서 마시는 차는 그 어느 차보다도 달콤했고 부드러웠다. 도심
에서 살며 생긴 옹졸하고 엉켰던 마음이 실타래처럼 스르르 풀렸다.

(2021.10)

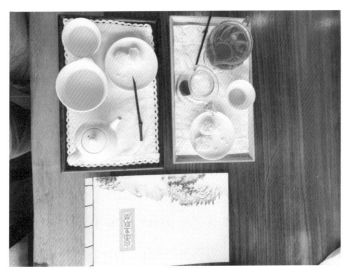
맛과 품격이 남달랐던 백운 옥판차

백운동 원림(園林)

지난 가을(2021.10)에 둘러보았던 백운동 원림을 올 봄(2022.4)

에 89대간 산악회 지인들과 함께 다시 찾았다. 청명한 4월의 날씨가 우리를 반겼다. 축복받은 느낌으로 일행과 함께하는 시간들이 좋았다. 가족 같은 느낌이 드는 회원들과의 이번 해남 기행은 인생의 좋은 추억으로 오래오래 남을 듯했다. 함께한 일행들도 같은 마음이지 않았을까 싶다.

백운동 원림은 오설록 월출산 강진다원과 이웃해 있다. 월출산을 배경으로 월출산 끝자락 골짜기 분지 형태의 안온한 장소에 자리 잡았다. 지금은 진입로가 잘 드러나 있지만 예전에는 진입로를 찾기 어려웠을 듯했다. 울창한 숲에 둘러싸여 있어 숨어 있는 별서 정원처럼 느껴졌다. 진입로를 교묘히 숨기면 아는 사람만 아는 독립 정원으로 사용하기 아주 좋은 입지로 보였다. 골짜기 분지 형태여서 어두울 줄 알았는데 이곳은 달랐다. 햇빛이 아주 잘 드는 보기 드문 숨은 정원이다. 호남지역 3대 정원의 하나로 부를 만했다.

진입공간은 주로 안운 주차장과 월출산 다원 주차장에 차를 주차하고 이용하면 좋다. 주차장은 아주 협소해서 3, 4대 정도밖에 주차할 수 없음을 유념하셔야 한다. 백운동 전시관이 2022년 6월 중에 완공되면 주차장 문제는 어느 정도 해소되지 않을까 싶다. 우리는 월출산 다원과 작은 도로로 경계를 이루고 있는 진입로를 택해 들

아무튼, 여행
해남, 강진, 완도, 보길도, 진도

어갔다. 이정표가 미흡하여 진입로를 찾는 데 조금 시간이 걸렸다. 작은 도로에서 숲 속으로 빨려 들어가는 듯한 느낌을 주는 진입공간이 독특했다.

진입로 입구를 지나자 울창한 대숲이 먼저 우리를 반겼다. 나중에 알았지만 백운동 원림 12경 중 12경에 해당하는 운당원(篔簹園)으로 한자어 그대로 왕대나무 숲이다. 하늘을 향해 곧추 선 대나무들의 식생 상태가 아주 좋았다. 짙은 숲을 이루어 그 안은 어두컴컴했다. 이정표가 안내하는 대로 대숲으로 난 길을 따라가면 안운제(저수지)로 가는 길이다. 이정표에서 가까운 원림 핵심 공간 진입 전에 있는 백운동 원림을 만든 이담로(1627~1701) 처사의 부부 합장묘가 다정했다. 백운동 원림을 편안하게 내려다보는 곳에 위치해 사후에도 백운동에 거주하며 원림을 돌보고 있는 듯했다. 묘소 역시 양지 바른 곳이어서 어두운 느낌은 들지 않았다.

후문으로 들어서자 별세계가 펼쳐졌다. 넓지 않은 공간에 한옥 건축물과 정원 그리고 연못이 아기자기한 형태로 배치되어 있어 눈길을 끌었다. 주변은 숲으로 둘러싸여 있고 햇빛이 정원 전체를 밝게 비춰 주고 있어 마치 신선이 사는 곳인 양 느껴졌다. 백운동 원림 12경을 설명하는 안내판이 산책로 곳곳에 자리 잡고 친절하게 안내했다. 다산 정약용 선생께서 직접 이름을 지으셨다고 하는데 하나하나 살펴보니 작명 실력은 도인의 경지에 이른 느낌이 들었다. 해당 장소에 맞게 적절하게 이름 지은 것에는 나름 의미가 있었고 풍류가 물씬 묻어났다.

지난 2021년 가을에 찾았을 때의 모습과 이번 2022년 봄에 찾았을 때의 모습이 새삼 대비가 되었다. 처음 왔을 때 무척 감동을 받았기에 등산을 함께하는 89대간 산악회의 오랜 지인들에게도 꼭 보여 주고 싶어 달마산 등산을 겸하여 올봄에 다시 찾았지만 감동은 여전했다. 이번에는 해설사분의 설명까지 듣게 되는 행운을 얻어 백운동 원림에 대해 지식이 조금 더 깊어졌다. 알면 알수록 그 속에 담긴 스토리는 무궁무진했다.

가을은 단풍으로 운치가 있고 금목서의 짙은 향기가 원림을 한층 더 고귀한 공간으로 돋보이게 했다. 봄은 연초록의 잎과 눈부시게 핀 꽃들로 상큼하고도 화려한 분위기를 연출했다. 계절에 따른 우열을 가릴 수가 없었다. 스스로 기뻐하는 집을 짓고 평온한 마음으로 자연을 벗 삼아 살다 보면 자아가 생기를 얻고 세상 살아가는 이치를 깨달아 도를 취할 수도 있지 않을까 했다. 함께한 회원들의 표정들이 밝았다. 출발할 때의 도심에 찌든 표정이 해남 기행을 통해 많이 밝아졌다. 편한 얼굴에 웃음꽃이 연신 피었다. 청명한 4월의 하늘이 눈이 부셨다.

(2022.4)

백운동 원림 내부 연못

자이당(自怡堂)

백운동 원림은 호남 지역 3대 정원(담양 소쇄원, 보길도 부용동, 백운동 원림)의 하나답게 작은 것 하나에도 정성을 들여 의미를 부여하고 풍류를 즐기며 자연 속에서 유유자적의 삶을 살 수 있는 공간으로 만들기 위해 세심한 정성과 노력을 쏟은 흔적이 곳곳에 보였다. 이런 입지를 찾아낸 내공만도 대단했다. 후문 입구에 향기 나는 나무가 있어 신기했다. 무슨 나무인가 찾아보니 금목서라고 했다. 가지 끝에 달린 작은 등황색 꽃에서 나는 향기가 고급 천연 향수처럼 느껴졌다. 이번 해남, 강진 여행에서 새로 알게 된 나무로 좋은 향기를 내는 나무가 있다는 새로운 사실을 알게 되었다.

대흥사 장춘 숲 길가에 있는 대흥사 말사 중의 하나인 백련암 마당에도 똑같은 나무가 몇 그루 있었다. 신기해서 한참을 보고 있을 때 비구니 주지 스님께서 다가와 알려 주셨다. 잎은 차로 마실 수 있고 꽃은 술을 담가 먹을 수 있다고 했다. 금목서 꽃으로 담근 술의 향기는 과연 어떤 향을 낼지 궁금했다. 목재는 단단하고 치밀해 조각재로 많이 쓰이는 나무라고 한다. 비슷한 나무로 은목서가 있는데 꽃 색깔은 흰색을 띤 노란색이어서 구분할 수 있다고 했다. 내한성이 약해 중부 이남에서만 볼 수 있다고 한다.

마침 강진 문화원이 주관하는 생생 문화제를 이곳에서 개최하고 있어 자이당(自怡堂) 한옥 건축물 대청마루에 앉아 아내와 무료로 강진 차를 시음하는 행운을 맛보았다. 자이당의 한자어가 신선했다. 백운동 원림을 조성한 이담로의 호가 자이(自怡)라고 했다. 해석하면 '스스로 기쁘다'는 뜻이다. '스스로 기뻐하는 집'이라는 편액을 보면서 우리 선조들의 작명 솜씨 하나는 정말 대단하다는 생각을 떨칠 수 없었다.

　맛난 다과와 더불어 마시는 따뜻한 차 한 잔에 여행의 피로가 눈 녹듯이 사라졌다. 자이당 대청마루에 앉아 정원을 바라보는 맛이 좋았다. 나 자신이 별서의 주인이 된 듯한 느낌이 들었고 마음이 넉넉해지고 잡다한 생각들이 순식간에 사라지는 신기한 체험을 했다. 자연이 주는 한없는 자비였다. 정성 들여 차를 제공해 준 강진 문화원 분들에게 이 자리를 빌려 다시 한번 감사의 말씀을 올린다. 차 값으로 적은 돈을 기부하고 다시 정원을 천천히 둘러보았다.

　마당 가운데에 있는 대문을 나가 백운동 원림에서 가장 높은 곳에 자리한 정선대(停仙臺)에 올랐다. 신선이 머무는 곳이라는 뜻을 지닌 정선대에서 바라보는 월출산 옥판봉이 금강산의 봉우리만큼 수려했다. 다산 선생께서 월출산에서 가장 아름다운 봉우리라고 이야기하셨다고 할 정도로 아름다우면서도 남성적인 기개가 느껴졌다. 이곳에서 백운동 원림 전체가 한눈에 들어왔다. 부근에 백운옥판차의 주인공인 이시헌 선생의 묘소가 함께 있었다. 이시헌 선생은 백운동 원림을 조성한 이담로 선생의 6대손으로 두 분의 묘가 백운동 원림을 사이에 두고 높고 낮은 곳에서 서로 마주 보며 원림을 보호하는 수호천사처럼 자리 잡고 있었다.

정원은 넓지 않았지만 담겨져 있는 내용은 아주 크고 많았다. 사유의 세계를 확장하기 위해 최소한의 것들만 조성해서 절제미가 느껴졌고 생각하고 사유하는 것을 최고 미덕의 하나로 여겼던 옛 선비들의 마음이 읽혔다. 풍류를 통해서 내면의 자아에 생기를 불어넣고 자신도 되돌아보고 자연이 주는 지혜를 자기 것으로 만들어 수신(修身)과 제가(齊家) 그리고 치국평천하(治國平天下)를 꾀하고자 했던 선비들의 드높은 기상이 오늘날까지 이어져 작금의 대한민국을 만들지 않았나 싶다. 사람은 유희를 즐기고 있을 때와 자연에 머물 때 가장 뇌가 활성화된다고 한다. 그때 떠오르는 창의적인 생각과 미래를 바라보는 예지들이 모여 대한민국 1만 년의 역사를 지탱해 온 강력한 힘의 원천이 되지 않았을까 싶었다.

(2022.4)

아무튼, 여행
해남, 강진, 완도, 보길도, 진도

새로 지은 자이당

백운동 원림 12경

강진군청 홈페이지와 백운동 원림 안내판에 이르길 백운동 원림은 조선 중기의 처사 이담로(聃老, 1627~1701)가 이곳 계곡 옆 바위에 '백운동(白雲洞)'이라 새기고 조영(造營)한 원림이자 별서라고 한다. 조선시대 강릉대도호부사를 지낸 이영화가 계유정난으로 벼슬을 버리고 1456년에 해남으로 이거한 이후 후손들도 1540년을 기점으로 이주하였고 그 이후 원주 이씨 집성촌이 강진에 자리 잡았다고 한다. 백운동 원림은 내원과 외원으로 구분되어 있는데 내원은 자연을 최대한 배려하여 인공적으로 조성하였고 외원은 원래 그 모습을 그대로 유지하는 선에서 최소한의 손길만 거쳤다고 한다.

외원의 계곡수를 내원으로 끌어 들여 내원의 연못을 거쳐 돌아 나가도록 설계해 내원과 외원이 분리되어 있지만 하나로 연결되도록 했다. 자연과 인공이 적절히 조합되어 방문하는 사람들로 하여금 절제된 자연을 느끼도록 했다. 일본 정원과는 확연히 다른 우리나라 전통 원림의 모범 같은 정원이자 별서 공간이다. 이름은 월출산에서 흘러내린 물이 다시 하얀 안개가 되어 구름으로 올라가는 마을이라는 뜻에서 백운동 원림이라고 지었다고 하는데 예전에는 약사암과 백운암이라는 암자가 있었던 곳이라고 한다.

지금의 모습은 다산 선생께서 지은《백운첩》을 보고 재복원한 모습이라고 한다. 《백운첩》이 있었기에 망정이지 없었다면 백운동 원림은 기록으로만 존재하는 원림으로 남아 있지 않았을까 싶다. 다산 선생께 다시금 감사한 마음을 표하며 기록의 중요성을 다시 한 번 되새겼다. 다산 정약용 선생이 1812년 월출산을 구경 후 처음 다녀간 뒤 이곳의 아름다운 경치에 반해 제자인 초의선사에게 〈백운동도〉를 그리게 하고 백운동 원림의 12승경을 노래한 시문인《백운첩》을 남겼다고 한다.

시문은 다산(8수)과 초의선사(3수) 그리고 제자였던 윤동(1수)이 나누어 썼다고 한다. 다산 선생과 다성(茶聖)으로 추앙 받고 있는 초의선사의 자취가 배어 있는 이곳은 해남, 강진 분들을 제외하고는 아직 많이 알려져 있지 않았다고 한다. 지금에서야 조금씩 찾는 분들이 늘어나 다녀간 사람들이 이곳을 소개하는 SNS 등에 힘입어 많이 알려지고 있는 중이라고 했다.

백운동 원림을 중심으로 강진 무위사, 월출산 경포대 탐방센터, 이한영 차 문화원, 월출산 강진다원, 월남사지 등 볼거리가 가까운 거리에 다 몰려 있어서 함께 둘러보기 좋기에 해남, 강진을 여행하시는 분들은 꼭 방문해 보시길 권해 드린다. 옛 선비들의 풍류를 조금이나마 미리 알고 간다면 복잡한 현대인의 삶 속에서도 나름 신선의 삶을 살 수 있는 지혜를 얻어 갈 수 있지 않을까 싶다. 남도 답사 1번지 해남, 강진은 언제든 찌든 도시인들의 삶을 어루만져 줄 다양한 스토리가 무궁무진했다.

참고로 백운동의 12경은 제1경 옥판봉(玉版峰), 제2경 산다경(山茶徑), 제3경 백매오(百梅塢), 제4경 홍옥폭(紅玉瀑), 제5경 유상곡

수(流觴曲水), 제6경 창하벽(蒼霞壁), 제7경 정유강(貞蕤岡), 제8경 모란체(牡丹砌), 제9경 취미선방(翠微禪房), 제10경 풍단(楓壇), 제11경 정선대(停仙臺), 제12경 운당원(篔簹園)이다. 12경마다 의미를 새기며 쓴 시가 무척 감성적이었다. 옛 분들의 풍류가 도드라졌다. 그분들의 여유가 참으로 부럽게 느껴졌다.

9경 취미선방(翠微禪房)

一痕墻砌色(일흔담체색)
담장과 섬돌 빛깔 한 줄 흔적이

點破碧山光(점파벽산광)
푸른 산 빛을 점 찍어 깬다

尙有三株樹(상유삼주수)
여태도 세 그루 나무 있으니

曾棲十笏房(증서십흘방)
예전부터 좁은 집에 살던 것일세

(2021.10)

백운동 원림 전경

월남사지 1

월남사지는 월출산 남쪽 이한영 차 문화원 건너편에 있다. 이번 여행 코스에 포함되지 않았던 백운동 원림, 이한영 차 문화원, 월남 사지가 모두 가까운 거리에 몰려 있었다. 생각지도 못한 곳에서 보물을 만난 느낌이 들었다. 이렇듯 예기치 않은 곳에서 예기치 않은 기쁨을 만나는 것이 여행의 또 다른 묘미다. 여행 계획 시 큰 줄기만 잡고 다니다 보면 가끔 생각지 않은 것들이 눈에 들어오고 그 의외성이 여행을 새롭게 한다. 강진, 해남에는 아직도 숨겨져 있는 많은 보물들이 우리를 맞이할 준비를 갖춘 채 찾아오기만을 기다리고 있는 듯했다.

월남사지는 폐사지임에도 터가 밝았다. 월출산을 배경으로 펼쳐진 터가 안온했다. 터는 안온했지만 사방이 터져 있어 어딘지 모르게 쓸쓸했다. 뒤로 걸출한 월출산이 온 모습을 드러내고 장엄한 자태를 뽐내고 있었다. 터 한가운데 자리 잡은 삼층 석탑이 무척 인상적이다. 탑의 형태는 조적식 석탑으로 일명 모전석탑(여기에 대해서는 학자들마다 논란이 분분하다)이라고 했다. 통상 보는 탑들과는 달랐다. 얼마 전 3년간의 해체 보수 공사를 마쳤다고 한다. 너른 터에 홀로 남은 탑이 월남사의 부흥을 기다리며 오랜 세월을 견뎌온 듯했다. 군더더기 하나 없는 탑이 무척 아름다웠다. 보수 공사를 해서인지 얼마 전 새로 만든 탑처럼 느껴졌다.

삼층석탑의 크기는 8.4m로 가까이서 보면 꽤 크다는 느낌이 들었다. 멀리서 보았을 때는 크지도 작지도 않다는 느낌을 받았는데 8.4m의 크기는 그 점을 모두 고려하여 정한 듯했다. 삼층석탑의 층을 이룬 부위가 독특했다. 모전석탑의 특징이기도 하지만 전체적으로 균형감과 절제미가 느껴졌다. 보물로 지정되어 있지만 국보로 지정해도 손색이 없을 듯했다. 월남사지는 향후 복원을 계획 중이라고 한다. 삼층석탑과 이웃해 있는 서탑지에도 이와 비슷한 석탑을 복원할지는 모르겠으나 만약 복원이 된다면 경주 감은사지 탑처럼 두 탑이 월남사의 중심을 잡아 줄 듯했다. 쓸쓸한 폐사지가 삼층석탑으로 인해 외롭지 않았다.

답사 여행을 자주 다니는 친구가 폐사지 답사는 답사여행의 궁극이라고 이야기한 적이 있다. 터만 남은 곳을 둘러볼 때 사람과 사회 그리고 국가의 흥망성쇠를 떠올리며 자신을 돌아보게 해 준다고 했다. 터만 남은 곳에 서서 한때 융성했던 때를 생각해 보고 폐사지로 변해 버린 원인을 찾아본다고 했다. 그 과정에서 겸손을 배우고 삶에 대한 성찰이 이루어진다고 한다. 누구에게는 찾을 때뿐이겠지만 비슷한 답사를 자주 하다 보면 그런 생각이 뇌리에 박혀 사고의 전환에 영향을 준다고 했다. 역사에서 삶의 지혜를 찾는 노력이 바로 답사여행의 백미라고 했다.

폐사지는 때로 처연함을 느끼게 하고 숙연함을 느끼게 한다. 어딘지 모르게 슬픈 영혼을 치유하는 독특함이 존재한다. 쓸쓸함에는 자신 속의 슬픈 영혼을 불러내는 묘한 기운이 있다. 동기감응은 아니지만 자연과의 내적 교감은 언제든지 있을 수 있는 일이다. 여주 고달사지를 예전에 돌아 볼 때 느꼈던 감정이 이곳에서도 비슷하게 느껴졌다. 월남사지는 고달사지보다는 터가 작고 월출산의 걸출한 풍광이 받쳐주고 있어 숙연함은 크게 느껴지지 않았다. 국내에는 대략 5,000여 곳의 폐사지가 있다고 한다. 생각 외로 많은 숫자가 아닐 수 없다.

실체가 있는 것을 답사하는 것과 터만 남은 곳을 답사하는 것은 차이가 크다. 사람에게 주는 감흥이 남다르기 때문이다. 월남사지 또한 그러했다. 한때 융성했던 월남사가 어느 순간 폐사지로 변한 것은 어떤 이유 때문일까?(기록에도 폐찰된 시기가 정확하게 나와 있지 않다고 한다) 오래된 사찰들 대부분은 전란과 화재 등으로 소실과 중건을 반복하며 오늘로 이어지고 있지만 폐사지로 존재하는 것에는 남다른 이유가 있지 않을까 싶다. 내가 오래전 고달사지와 성주사지에 갔을 때 어렴풋하게 느꼈던 것들이 이곳에 와서 생생한 질문으로 나를 압박했다. 어떤 답이라도 내놓으라고 추궁했다. 마치 산다는 것이 무엇인지에 답해야 하는 듯한 어려움이 느껴졌다.

(2021.10)

아무튼, 여행
해남, 강진, 완도, 보길도, 진도

월남사지와 삼층석탑

월남사지 2

월남사지 터는 더할 나위 없는 양택 명당 터로 보였으나 어딘지
모르게 허한 느낌이 들었다. 사방이 터져 있기 때문이다. 풍수에 대
해서는 잘은 모르지만 월출산에서 불어오는 바람과 월출산의 불꽃
기운이 이곳을 관통하고 있기에 웬만한 건축물은 견뎌 내기 힘들지
않았을까 싶다. 월출산의 기운과 바람을 막아 주는 방풍림이라도
후면부에 설치한다면 좋을 듯싶었다. 풍수는 원래 장풍득수(藏風

得水)의 준말이다. 바람은 가두고 물은 얻는다는 뜻인데 이곳은 바람을 가둘 수 없는 터로 보였다.

2022년에 시작되는 복원 공사 시에는 풍수에 정통한 분들의 의견을 참조하여 공사를 해 주셨으면 하는 바람이다. 어렵사리 복원한 공사가 화재로 소실되는 경우를 당한다면 월남사지 복원은 꿈으로 그칠 수 있기 때문이다. 무조건 맹신해도 안 되겠지만 풍수를 생활의 지혜로 활용한다는 차원에서 고려해 볼 필요가 있지 않을까 싶다.

풍수가 좋은 못자리를 잡아 입신양명의 길로 삼고자 하는 데서 비롯한 폐습은 당연히 지양해야 하겠지만 예로부터 과거시험을 통해 이 분야에 정통한 인물을 등용할 정도로 학문의 영역에 속했다는 것은 주지의 사실이고 동기감응설이 과장되어 후손들의 미래의 삶까지 크게 좌우한다는 맹신으로 이어져 오고 있음 또한 사실이다. 무엇이든 본질에서 벗어나면 미신이 되기에 주의할 필요가 있지 않을까 싶다.

풍수를 현대적인 관점에서 재해석한 최창조 교수의 말 중에 부모님 모실 터를 잡을 때 풍수사를 대동하지 않아도 그 자리에 1, 2시간만 머물면 터가 주는 느낌이 있다고 했다. 좋은 터는 마음을 편안하게 하고 아닌 터는 그렇지 않다고 했다. 사람에게는 터를 느낄 수 있는 기본적인 육감이란 것이 있다는 말이다. 거기에 더해서 풍수에 대해 이론적으로 오랫동안 천착해 온 내용들을 찾아 학습하다 보면 자기 나름의 터를 보는 안목이 생긴다고 했다. 어려운 일이지만 그렇다고 결코 다가갈 수 없는 분야가 아니라는 이야기가 아닐지 싶다.

월남사지 안내 설명문에 이르길 월남사는 고려시대의 진각국사(1178~1234)가 창건하였다는 기록이 있지만 2012~2020년에 걸쳐 9차례의 발굴조사 과정에서 고려청자 조각 외 각종 차도구와 백제기와 등이 발굴되어 그 이전부터 존재했던 사찰로 여겨진다고 한다. 만약 백제시대의 사찰로 최종 판명될 경우 전남 최초의 백제시대 사찰로 재조명될 수 있기에 학계의 관심이 크다고 했다.

역사적 의의에 대해서는 역사학자가 아니어서 잘 모르겠지만 백제시대의 사찰이라면 진각국사의 창건 기록은 중건기록으로 바뀌어야 할 것이다. 기록은 사실에 가깝지만 출토된 유물은 증거물품이 되기에 두 가지가 서로 다른 경우는 그 진위를 파악해야 한다. 그것은 고고학자와 역사학자들의 몫이지만 그 과정은 쉬운 일이 아닐 듯싶었다. 사실에 입각해 살펴보고 관련 자료를 찾아야 하는 헌신과 노력 그리고 운이 따라 주어야 하는 분야로 보였다.

월남사는 천 년을 이어 온 월출산 야생 차밭이 인근에 조성되어 있기에 차를 중시하는 사찰문화에 큰 영향을 주지 않았을까 싶다. 질 좋은 차를 늘 가까이할 수 있다는 것만으로도 월남사는 여느 사찰과는 다른 대접을 받지 않았을 까 싶다. 월남사지 안내 설명문에도 있듯이 월남사는 선수행과 차 문화의 중심지로 크게 융성하지 않았나 싶다. 자리 잡은 터가 그렇고 주변 환경 또한 그 점을 뒷받침해 주고 있었다.

월남사지의 또 하나 볼거리는 역시 보물로 지정된 진각국사비다. 월남사를 창건(중건)한 그를 기리기 위해 고종 37년(1250년)에 세웠다고 한다. 비문에는 이를 세울 당시의 월남사 스님들에 대한 내용과 사회상을 간단히 기록해 놓아 그 당시의 시대 상황을 파악하는 데 어느 정도 도움이 되고 있다고 한다. 모든 것은 사라지고 두 점의 보물만 문화유적으로 남아 한때 융성했던 월남사의 부흥을 간구하는 듯했다. 복원되는 월남사가 예전 선수행과 차의 중흥을 동시에 도모하는 수행의 중심 도량으로 거듭나길 간절히 기원했다.

(2021.10)

아무튼, 여행
해남, 강진, 완도, 보길도, 진도

월출산과 월남사지 삼층석탑

3

아름다운 생명의 섬을 찾아서
(완도, 보길도, 진도)

건강의 섬 완도와 장도, 장보고 유적지

달마산 미황사를 둘러보고 나서 금강산도 식후경이라는 말을 떠올리며 오늘의 점심을 해결하기 위해 완도 '아시나요' 식당으로 향했다. 완연한 봄 날씨가 펼쳐지는 남도 길을 달리는 느낌은 한마디로 환상의 드라이브 코스라고 해도 과언이 아니다. 도로변으로 펼쳐진 남도의 바다색은 옅은 잿빛이지만 자세히 보면 에메랄드 색조를 띠고 있다. 햇빛에 반사되어 일렁이는 은빛 물결은 한마디로 깊은 바다의 장엄함을 보여 준다. 잔잔한 바람 속에 흔들거리는 물결을 바라보며 한적한 도로를 달리는 그 자체가 심신에 평화로움과 안정감을 주었다. 주변의 환경에 따라 사람의 마음이 다양한 스펙트럼을 내보인다는 사실을 새롭게 깨달았다.

가는 도중에 있는 땅끝 조각공원에 내려 휴식도 취할 겸 다양한 형태의 조각들을 살펴보았다. 다양한 주제와 형태로 펼쳐져 있는 조각공원은 전면에 바라보이는 바다와 더불어 해상 조각공원의 풍성한 이미지를 보여 주었다. 넉넉한 마음으로 조각 작품도 살펴보고 잠시 고개 들어 바다도 살펴보니 모든 조각 작품이 바다와 한 몸을 이루고 있는 듯한 느낌이 들었다. 도로에서 약간 벗어난 높지 않은 언덕에 자리 잡은 조각공원은 천혜의 조망처였다.

무릇 땅은 제각기 반드시 쓰이는 용도가 있는 법인데 그야말로 제자리에 자리 잡았다는 느낌이 들었다. 차량이 통행하는 도로변에 있어 모르고 지나치기 십상이지만 이곳을 꼭 한 번 방문하시길 권해 드린다. 30여 분가량 머물며 간만에 조각 작품을 감상하며 여행의 피로를 잠시나마 풀어 주고 가슴을 따뜻하게 해 주어 여행의 기쁨과 더불어 마음을 풍요롭게 했다.

완도에 도착해 그 유명한(?) 아시나요 식당에 들러 매생이 전복죽과 일반 전복죽을 시켜 먹어 보니 맛이 예술이다. 오직 이곳에서만 맛볼 수 있는 맛이라고 생각하니 음식이 소중하고 귀하게 느껴졌다. 완도에 와서 이곳에서 유명하다는 음식을 맛보고 나니 여행의 기쁨이 배가 되며 "음식은 모든 문화의 정점에 있다"는 말을 다시 한번 생각나게 했다. 점심 성찬을 마친 후 완도 수목원 가는 길에 있는 장도의 장보고 유적지에 들러 해상왕 장보고의 유적과 그의 숨결을 둘러보고 느껴 보았다.

장보고(?~841)는 완도에서 태어나 828년 이곳 장도를 중심으로

완도의 들

청해진을 설치하여 해적 소탕과 해상무역을 통해 해상상업제국을 건설한 인물로 그 당시 국제적인 명성을 누렸던 인물이다. 지금은 조그마한 동산 같은 유적지로 잘 정리되어 있지만 과거에는 생사를 넘나드는 싸움이 이곳에서 이루어졌다고 하니 역사는 전쟁이라는 수단을 통해 매듭지어지고 완성되는 모양이다. 평온의 순간에도 그 속에 늘 전쟁이 싹트고 있던 그 시절, 하루라도 마음 편히 지냈던 순간이 있었을까 하는 생각이 들었다.

해상왕 장보고라는 명성을 얻기까지 장보고를 포함, 그 주변의 수많은 사람들의 피와 땀 그리고 노고가 숨겨져 있는바 우리는 과거를 거쳐 지금 이 순간이 있다는 사실을 인식하고 옛 선조들의 유적지를 둘러볼 때면 잠시 경건한 마음가짐을 가져야 하지 않을까 싶었다. 지금은 부드러운 동산을 이룬 형태로 잘 정돈된 유적지여서 보기 좋았지만 과거의 아픈 기억은 역사에 묻혀 드러나지 않아 조금은 아쉽기만 했다. 자랑스러운 역사 뒤에 숨어 있는 인고(忍苦)의 역사 또한 잘 정리하여 보여 주는 것 또한 우리들이 해야만 하는 중요한 일이지 않을까 했다.

국내 최대 규모의 완도 수목원

이번 여행 하이라이트라고 할 수 있는 완도 수목원에 오후 늦게 도착했다. 마음이 갑자기 바빠졌지만 너무 서두르지 않기로 했다. 1991년에 개원한 완도 수목원은 전라남도에서 직영하는 공립수목원으로서 국내 최서남단에 자리 잡은 국내 유일의 난대수목원이자 국내 최대의 난대림 자생지로서 면적이 2,050ha(20,500,000㎡, 약 620만 평)나 되는 어마어마한 규모의 수목원이다. (난대림이란 연평균 14도 이상, 1월 평균기온 0도 이상, 강수량은 1,300~1,500㎜, 북위 35도 이남의 남해안과 제주도, 울릉도 지역 등 우리나라에서 가장 온화하고 일교차가 적으며 비가 많이 내리는 지역에 분포하는 식물군을 말하며 주로 상록활엽수가 주종을 이루고 있다)

183과 3,801종의 식물자원을 보유한 말 그대로 천혜의 식물자원의 보고라고 할 수 있는 곳이다. 이런 어마어마한 규모의 수목원을 조성하고 관리하고 있는 전라남도 도청 직원들께 이 자리를 빌려 심심한 감사의 말씀을 드리고 싶다. 역사는 그리 오래되지 않았지만 내가 가 본 수목원 중에서는 최고의 위치에 자리 잡았다. 모든 터는 그 나름대로 최적의 터가 있는데 이곳은 수목원으로서 최적지로 여겨졌다.

누구의 아이디어로 수목원을 이곳에 세웠는지는 모르지만 그분의 높은 안목에 절로 고개가 숙여졌다. 산림 박물관을 가는 길 주변으로 펼쳐져 있는 아직 만개하지 않은 동백꽃나무 군락이 아주 볼만했다. 이 꽃이 동시에 만개한다면 장관을 이룰 듯했다. 높은 산으로 둘러싸여 있으면서도 산 중턱에 이르기까지 다양한 식물 종으로 구성된 수목원은 미래 가치로 볼 때 대단한 가치를 지닌 것 같은 느낌을 받았다.

난대림 수종이 잘 보전되고 가꾸어져 있는 이곳은 산림자원의 보고(寶庫)다. 아울러 온실에서 자라고 있는 다양한 아열대 식물 등을 보면서 세상에는 정말로 많은 다양한 식물 종들이 인간들과 더불어 살아가고 있다는 것을 느꼈다. 창조주의 위대함이 또 한 번 가슴 깊이 각인되었다. 산 중턱에 있는 식물원까지 천천히 둘러봐야 한다면 아마 이곳에 2~3일은 머물면서 봐야 하지 않을까 싶을 정도로 대단했다. 완도 수목원을 둘러보면서 대한민국은 곳곳에 아름답고 볼만한 수많은 요소들이 넘쳐 남을 다시 한번 느꼈다.

방문하는 곳마다 제대로 살펴보려면 상당한 시간이 필요한 남도 여행은 그 자체로 풍성한 느낌이 들었다. 이곳 완도 수목원도 3월 하순이면 만개한 꽃들로 장관을 이룰 것이다. 서울보다 위도가 낮은 곳에 위치하여 늘 계절이 앞서 다가와 순차적으로 꽃들을 피워대며 뭇사람들을 유혹하는 시절이 코앞에 온 것을 아는 듯 이곳을 관리하는 분들의 움직임이 부산했다. 나무들 또한 찾아올 손님들을 맞이할 채비를 하는 듯 동백꽃은 터질 듯한 봉우리를 참아내느라 힘겨운 모습이었다. 다음에 올 때는 꼭 정상 부근의 전망대에 올라 완도 수목원 일대와 다도해를 동시에 바라보는 시간을 가져야겠다고 마음속으로 다짐했다.

(2013.3)

완도(莞島)를 다시 찾다

완도는 우리나라에서 10번째로 큰 섬이다. 부속 섬으로 보길도를 비롯하여 신지도, 고금도, 노화도, 소안도, 구도, 약산도 등이 서로 이웃하며 그림처럼 펼쳐져 있다. 완도에서 거리가 먼 섬들은 배를 타고 가야 하지만 가까운 섬들은 연육교로 연결되어 있다. 적지 않은 자금과 시간이 소요되었을 연육교가 섬을 이어 주어 그곳에 거주하는 사람들에게 희망의 상징이 되었다. 육지와 섬 그리고 섬과 섬이 연결되어 생활공간이 확장되고 자녀들 학교 문제와 소외된 지역이라는 이미지도 상당 부분 상쇄되어 고단한 삶에 희망이 자리 잡았다.

계절의 여왕 5월에 완도와 보길도 그리고 진도를 둘러보았다. 오래전부터 세운 계획이었기에 설렘의 강도가 컸다. 완도는 이번이 두 번째 방문이지만 시간의 거리가 길어(10년) 거의 처음 찾은 것과 진배가 없었다. 5월의 좋은 날씨 속에 진도와 완도 그리고 보길도를 동시에 여행하는 행운을 누렸다. 좋은 계절에 오게 되어 더욱 섬 여행하는 맛이 났다. 덥지도 춥지도 않은 날씨 덕에 여행다운 여행을 했다. 우리나라에서 세 번째로 큰 섬 진도는 날것 그대로의 전원풍 느낌을 간직하고 있었고 완도는 활력이 넘치고 생기 넘치는 도시 이미지가 물씬 풍겼다.

완도는 마치 수도권의 일부인 듯 활력이 넘쳤다. 그만큼 경제에 활력요소가 많다는 방증으로 여겨졌다. 전국 전복 생산량의 상당 부분을 차지하고 있기에 군 전체가 경제적으로 윤택한 환경처럼 느껴졌다. 최근 광주에서 완도까지 고속도로 공사가 한창이라고 하고 고흥까지도 해안관광도로가 개설 될 예정이라고 했다. 완도-고흥 간 국도가 완공되면 지금의 3시간 거리가 30분대로 단축된다고 한다.

고흥을 거쳐 여수로 이어지는 꿈의 남부 해안관광도로가 최근 개통되어 여수, 고흥일대가 남해안 국내 관광 1번지로 서서히 부각되고 있는 중이다. 섬섬 백리 길이라는 아름다운 이름을 지닌 이 길은 연육교가 5개나 설치되었고 사업비는 9천억 원에 가깝게 소요되었다고 한다. 시간 또한 상당한 기간 소요되었지만 주변 섬 주민들이 그토록 바라던 간절한 염원은 현실이 되었다.

완도는 보길도, 청산도가 지척에 있어 보길도, 청산도 여행을 주 목적으로 온 사람들은 대충 둘러보고 가는 경우도 있지만 꼭 보고 가야 할 곳이 꽤 있었다. 남도 최대의 수목원을 자랑하는 완도 수목원과 완도 전체를 조망할 수 있는 완도타워와 다도해 일출공원, 은

청정 해역을 자랑하는 완도 앞바다

빛 모래가 장장 십 리에 걸쳐 펼쳐져 있는 신지 명사십리 해수욕장, 해상왕 장보고 기념관과 그의 주 무대였던 청해진 유적지를 비롯해 최근 개장한 약산도 약산 해안 치유의 숲 등이 대표적이다.

전체를 다 둘러보려면 하루로도 부족할 정도로 볼 것 많은 수목원이지만 기본 추천 코스를 따라 이동하면 편리하게 관람할 수 있도록 배려하고 있다. 방문자의 편의성을 최대한 고려해 고객 만족을 위한 노력에 박수를 보내고 싶었다. 그 외에도 차분히 둘러보면 좋을 것이 넘쳐 나지만 앞서 언급한 곳만이라도 필히 둘러보고 가시길 권해 드린다. 물론 완도에서 제일 유명한 전복요리는 필히 맛보고 가서야 완도 방문의 대미를 제대로 장식하지 않을까 싶다.

(2022.5)

윤선도의 섬, 보길도(甫吉島)

보길도는 완도 화홍포항에서 배로 35분 거리에 있었다. 멀지도 가깝지도 않은 거리지만 여객선 선상에서 바다를 바라보며 남해 바다 고유의 정취를 만끽하기에 충분했다. 보길도에 가까이 다가갈수록 바닷물 색깔은 점점 옥빛으로 변했다. 보길도에 내려 천연 옥빛에 가까운 맑은 바닷물을 보는 순간 이곳이 청정지역임을 알게 되었다. 완도 앞바다보다도 물이 맑았다. 옥빛 바다를 품은 보길도에서 잡힌 수산물은 모두 특상품으로 판매되지 않을까 했다.

보길도에서 유일하게 멸치를 잡아 가공 판매하는 보옥리 마을에서 판매하는 멸치는 전국 최고의 맛을 자랑한다. 멸치는 먼 바다가 아닌 보길도 근해에서 잡는다고 했다. 보옥리 멸치 판매점 주인장은 좋은 멸치 제품을 판매하고 있다는 자부심이 대단했다. 판매점에서 멀지 않는 곳에 보길도의 주산처럼 느껴지는 보죽산(197m)이 마을의 수호신처럼 자리 잡고 우뚝 서 있는 모습이 아주 인상적이었다.

윤선도 원림인 부용동을 품고 있는 격자봉(431m)보다는 낮았지만 보길도 바닷가 끝자락에 자리 잡고 보길도 전체를 품고 있는 모습이 당당했다. 보옥리 마을 들머리에서 정상까지는 40분 남짓 걸린다고 했다. 보죽산 정상에 서면 보길도 전체를 아우르는 조망과 더불어 호연지기(浩然之氣)가 느껴질 정도로 장한 기운이 느껴진다고 한다. 청명한 날이면 추자도와 제주도를 볼 수 있다고 했다.

완도에서 보길도까지 차량과 사람을 실어 나르는 여객선은 매일 4대 정도가 반복하며 왕복운행을 하고 있었다. 노련미와 삶의 고단함이 얼굴에 배어 있는 선장의 모습에서 삶은 누구에게나 일정 부분의 노력과 희생을 강요하고 있다는 생각이 문득 들었다. 매일 똑같은 일을 반복하는 삶이 편할 수도 있지만 한편으로는 무료한 삶이 될 수도 있지 않을까 싶었다. 수많은 사람들의 생명을 책임지고 있다는 남다른 사명감이 있기에 오늘도 힘들고 무료한 일상의 패턴을 이겨 내고 있는 듯했다.

전복 양식의 고장답게 배가 다니는 길 일부만 빼놓고는 전복 양식장으로 바다가 빼곡했다. 보길도 동천항에 우리를 내려 준 여객선은 곧바로 대기하고 있던 차량과 사람을 태우고 다시 완도 화흥포항으로 떠났다. 1시간 간격으로 왕복 운행하는 여객선이 서로 교차하며 오고 가는 모습이 꽤 낭만적인 분위기를 자아냈다. 동천항에서 윤선도 원림이 있는 부용동(세연정)까지는 차량으로 15분 정도 걸렸다.

배에서 내린 사람들 중 일부는 차를 동천항 주차장에 주차해 두고 버스를 이용하는 사람도 꽤 있었고 일부는 우리처럼 자기 차를 이용하여 이동했다. 보길도 첫 방문지인 세연정을 둘러보기 전 입구를 겸하고 있는 한옥 형태로 되어 있는 정보센터에서 윤선도와 윤선도 원림(부용동 원림)에 대한 내용을 천천히 관람했다. 시간 여유를 가지고 천천히 둘러보면 윤선도와 윤선도 원림에 대한 유익한 내용을 살펴볼 수 있고 윤선도가 왜 윤선도인지를 어느 정도는 알 수 있도록 잘 정리되어 있었다. 내용은 많지 않았지만 핵심은 놓치지 않았다.

무슨 일이든 의미를 추구하면 일과 삶에서 진정한 풍요와 보람을 느낄 수 있다고 했다. 빅터 프랭클의 말이다. 의미를 추구한다는 것

보길도의 섬과 섬을 이어 주는 다리

은 그만큼 삶을 윤기 있게 만들고 활력을 추구한다는 이야기가 될 수 있다. 윤선도는 정계에 입문할 때부터 출세를 향한 마음이 워낙 커 삶에 의미를 부여하며 살아가는 생활에 익숙하지 않았다. 오로지 한 우물을 파는 마음으로 높은 자리에 오르기 위해 뒤돌아보지 않았다. 천재적인 역량을 지닌 그였기에 스스로의 가능성을 믿었지만 겸손하지 못하면 부러지는 법이다.

오랜 유배생활을 통해 아픔을 겪었고 미래가 보장되지 않음을 깨닫고 좌절했지만 그는 고향 해남의 풍요로운 자연 속에서 머물며 새로운 희망을 보았다. 좀 더 쉽게 이야기하면 탁월한 자연환경 속에서 비로소 마음의 안정을 찾았고 출세를 향한 야망을 접었다. 보길도와 해남의 뛰어난 자연환경이 그로 하여금 삶에서 풍요와 보람을 되찾는 데 크게 일조하지 않았을까 싶었다. 그런 바탕 위에서 써 내려간 〈어부사시사〉와 〈오우가〉 등의 시가는 오늘날 다시 읽어 보아도 전혀 낯설지 않았고 윤선도의 천부적인 재능이 느껴졌다.

(2022.5)

부용동(윤선도) 원림(園林)

윤선도(1587~1671)는 병자호란 중 인조대왕의 항복 소식을 듣고 울분을 참지 못했다. 한동안 은거할 목적으로 제주도로 향하던 중에 태풍을 만나 우연히 보길도에 정박했다가 이곳 풍광에 반해 보길도에 눌러앉기로 작정하고 무려 13년 동안 이곳에 머물렀다. 이곳 지형이 마치 연꽃 봉오리가 피는 듯한 모양 같다고 해 부용(芙蓉)이라 직접 작명하고 많은 시간과 공을 들여 원림을 조성하였다.

윤선도는 보길도의 자연환경을 보고는 하늘이 자신을 위해 기다려 준 곳이라고 여겼을 정도로 이곳의 풍광에 매료되었다. 부용동을 비롯하여 해남 금쇄동 등 그가 오랫동안 머물렀던 곳은 모두 자연환경이 탁월했다. 자연을 보는 혜안이 남보다 뛰어났던 모양이다. 그가 평소에 풍경은 찾는 것이 아니라 발견하는 것이라고 한 이면에는 두 곳의 자연환경 모두 워낙 뛰어났기에 그런 생각을 갖게 되지 않았나 싶다.

부용동(芙蓉洞)에 세연정을 중심으로 원림을 조성하는 것 외에 낙서재와 곡수당 그리고 그 유명한 동천석실을 짓고 자연과 벗하며 유유자적한 삶을 살았다. 부용동 원림은 크게 세연정, 낙서재와 곡수당 그리고 동천석실 세 구역으로 나뉜다. 윤선도는 이곳에서 무려 13년의 세월을 보내며 장기간의 유배로 지친 심신을 다독이고 타오르는 불꽃같은 거친 마음을 달랬다.

이곳에서 틈틈이 쓴 글은 고산문학의 산실이라고 부르는 이곳 부용동에서 잉태되었고 국문학의 최고봉으로 자리 잡았다. 〈어부사시사〉와 〈오우가〉 등은 극심한 심신의 고통이 수반되었던 오랜 유배생활의 경험을 바탕으로 천혜의 아름다운 자연환경 속에서 잉태되었다. 탁월한 작품은 무난한 환경에서 자란 사람은 결코 쓸 수 없다는 사실과 온화하고 산수 좋은 자연환경은 그 바탕의 한 축을 담당했을 것이라는 생각을 다시금 하게 했다.

　인류의 역사는 고난을 통해 성장, 발전한 역사이기에 인간 또한 불행과 고난, 고통을 통해 성장, 발전할 수밖에 없다. 대부분 그런 과정 속에서 자신만의 삶의 가치를 찾아내고 살아간다. 어찌 보면 창조주께서 그런 삶을 살도록 사람의 유전자 속에 심어 주지 않았나 싶다. 인간을 창조하실 때 태어나는 순간부터 지속 성장, 발전하며 살아가라는 숙명의 유전자를 주셨기에 행복한 삶은 오직 불행과 고난을 이겨 냈을 때만 주어지는 선물이지 않을까 싶다.

　보길도의 자연환경은 누구나 와서 보면 안온하다고 표현할 정도로 좋다. 보물섬으로 불러도 좋을 만큼 산수가 보길보길했다(부드럽고 유순했다). 격자봉을 중심으로 산줄기가 병풍을 이루어 세찬 바람을 막아 주고 있어 마치 섬이 아닌 육지처럼 느끼게 했다. 부용동의 아늑한 터는 불안하고 들썩이던 마음을 내려놓기에 그만이었다. 세연정과 적당한 거리로 떨어져 있는 낙서재와 곡수당 그리고 동천석실은 적당히 산책하며 걷는 운동에도 도움이 되었고 동천석실에서 바라본 부용동 일대는 삶이 그리 대단한 것이 아님을 문득 깨닫게 해주기에 충분할 정도로 눈부신 조망을 자랑했다.

부용동 원림

고산 등반가들은 "등산은 인간 한계에 도전하는 과정"이라고 한
다. 얼마 전 수학계의 노벨상이라 부르는 필즈상 수상자 허준이 교
수가 수상 소감에 덧대어 "수학은 인간의 한계를 이해하는 과정"이
라고 했다. 궁극을 향해 나가는 사람의 공통점이 느껴졌다. 더불어

자신과의 치열한 싸움이 동반되는 과정에서 필연적으로 느끼는 고독감은 위대한 고독이라고 할 수 있지 않을까 싶다. 심리학자 최인철 교수는 "여행은 행복을 주는 최고의 활동"이라고 정의했다. 내게는 자연을 찾아 떠나는 여행이 창조주의 숨길을 느끼는 과정이자 활동이라고 이야기하고 싶다. 보길도의 자연을 보면서 문득 떠오른 생각이다.

(2022.5)

세연정(洗然亭)

윤선도는 좋은 터를 알아보는 남다른 눈이 있었고 또한 능히 그것을 다듬어 자신만의 원림으로 만들 재력이 있었다. 풍운아 윤선도는 장기간의 유배생활로 자칫 수렁에 빠져 다시 일어설 수 없는 지경에 처했지만 고향 해남과 보길도의 자연환경이 그를 되살아나게 한 든든한 뒷배가 된 것은 확실해 보였다. 남다른 부와 천부적인 재능 또한 그를 고전문학의 대가로 자리 잡도록 큰 일조를 했다.

세연정(洗然亭)은 매표소가 있는 정보센터에서 멀지 않았다. 세연정으로 가는 길에 심어져 있는 나무가 특이했다. 중부지방에서는 거의 볼 수 없는 나무였다. 물어보니 황칠나무라고 했다. 상록수인 동백나무와 황칠나무가 보길도의 대표적 수종인 듯 어느 곳에서나 눈에 쉽게 띄었다. 보길도의 따뜻한 기후로 인해 상록수림이 조성되어 있어 늘 푸른 숲을 보여 주고 있다는 점이 원림을 더욱 돋보이게 했다. 황칠, 동백 외에도 후박, 생달나무 등도 눈에 띄었다. 정보센터 근처에서 미역, 다시마 등을 파는 아낙네가 황칠차를 맛보라고 건네주며 보길도에 자생하는 대표적인 나무가 황칠나무라고 상세히 설명해 주었다. 난대 수종의 대표적인 나무로 동백과 황칠은 비슷한 듯 달랐다.

잘생긴 한옥 세연정이 연못(세연지) 중앙에 당당하게 자리 잡은 부용동 원림은 내가 본 조선의 원림 중 최고였다. 우리나라 3대 원림의 하나로 소개하고 있지만 단연 으뜸이라고 느껴졌다. 작지 않은 연못과 연못 안에 있는 7개의 큰 바위는 마치 동물의 형상을 하고 있는 듯했다. 정적인 공간에 놓여 있는 큰 돌이 동적인 요소로 작용하고 있었다. 돌들 하나하나 범상치 않은 품격이 느껴졌다. 세연정은 한옥 건축물의 백미라고 해도 될 정도로 단연 돋보였다. 정면 3칸, 측면 3칸의 팔작지붕 건축물은 한옥의 정형을 보는 듯했다. (지금의 건축물은 1994년에 복원했다고 함)

창은 들창 형태로 하여 개방성을 극대화하였고 내부에는 온돌을 들였다. 안에서 창을 통해 보는 풍경은 하나하나가 모두 진경 수채화였다. 같은 공간임에도 각각의 창을 통해 보이는 풍경이 모두 달랐다. 내부 공간의 바닥 또한 일부분은 들어 올려 단차를 주고 다소 지루한 듯한 내부공간에 변화를 주었다. 온돌 부분은 낮게 해서 다른 공간과 구분했다. 그냥 볼 때는 당연한 듯했지만 이런 공간을 연출해 내기까지는 세심한 노력이 필요한 법이다. 신의 손길은 디테일에 있다는 말을 이미 알고 있었던 듯 그만큼 세심하게 공을 많이 들인 건축물이라고 보면 되지 않을까 싶었다.

세연정에는 '물에 씻은 듯 맑고 단정하다'는 의미가 담겼다고 한다. 이곳에서 반나절 정도만 머물러도 마음의 때가 절로 닦이고 단전에 기가 충만해져 수승화강(水昇火降)이 절로 이루어질 듯했다. 세연정 바로 앞 아름드리 소나무가 도드라졌다. 이곳을 방문한 사람들의 단체 사진 포인트로 자리 잡았다. 우리도 덩달아 사진을 찍었는데 멋진 작품 사진이 되었다. 수백 년 된 소나무가 멋진 배경이 되어 주었다.

원림을 구성하고 있는 요소가 아주 다양했다. 하나하나 설명하는 것도 좋을 듯하지만 직접 방문해서 눈으로 보시고 의미를 새기는 것이 더 좋을 듯하여 생략한다. 세연정에서 우연히 파랑새를 봤다. 상록수림으로 울창한 숲을 이룬 원림에서 단연 돋보였다. 윤선도의 화신인 양 방문객들을 바라보며 잠시 머물다 어디론가 날아갔다. 멸종위기종이기도 해서 남다른 느낌이 들었다. 오늘 우리에게 좋은 인연이 생기지 않을까 했다.

(2022.5)

걸출한 한옥 건축물 세연정

어부사시사(漁父四時詞) 2

〈어부사시사〉 중 겨울을 노래한 시조

간밤에 눈 갠 후에 경물(景物)이 다르구나

배 저어라 배 저어라

앞에는 만경유리(萬頃琉璃, 끝없는 유리 바다)요

뒤에는 천첩옥산(千疊玉山, 첩첩이 둘러싼 맑은 산)이로다

찌그덩 찌그덩 어여차

선계(仙界)인가 불계(佛界)인가 인간 세상이 아니로다

부용동 원림은 윤선도가 정치를 잊고 자연을 벗 삼아 안빈낙도의 삶을 본격적으로 살고자 조성한 곳이다. 조성기간은 구체적으로 모르겠지만 인공적인 것을 최소화하고 자연을 늘 가까이에서 즐기고자 심혈을 다하여 조성한 공간으로 보였다. 지금의 공간은《보길도

지》에 나와 있는 내용을 근래에 들어 재현한 공간이다. 《보길도지》
가 없었다면 부용동 원림은 역사 속에서만 살아 있었을 것이다. 기
록의 중요성을 다시 논하지 않을 수 없다.

남다른 부와 자연을 사랑하는 마음을 지닌 윤선도는 해남 윤씨를
대표하는 천재 학자이자 정치인이다. 국문학의 최고봉이라고 일컫는
〈어부사시사〉는 지금 읽어도 가슴을 울린다. 그 시절엔 한문이 격조
있는 문체임에도 순수 한글로 작성한 것은 〈어부사시사〉는 음률이
중요한 요소였기에 그런 듯싶었다. 한문으로는 결코 그런 느낌을 표
현할 수 없지 않을까 했다. 풍류와 삶의 애환이 고스란히 담겼다. 정
치에 대한 미련 또한 숨기지 않고 표현했지만 대체로 안빈낙도의 삶
을 표현하고 풍류도인의 면모를 어부의 입장에서 마음껏 표현했다.

원림을 물, 나무, 정자, 바위를 한 공간에 절묘하게 배치하고 오래
머물러도 지루하지 않게 주변을 숲으로 둘러싸 안온한 공간으로 조
성한 것은 원림의 미학으로 느껴졌다. 인공으로 조성하였지만 인공
의 요소는 최소한으로 하여 인공적인 느낌이 들지 않게 한 것은 자
연 그 자체를 존중했던 옛 선조들의 자부심이었다. 그만큼 그 당시
도 우리나라의 자연환경은 탁월했다는 방증이지 않을까 싶다. 인공
의 건축물 세연정 또한 자연과 가장 잘 어우러져 자연의 한 조각인

동물의 형상을 한 바위들

듯했다. 설계도 탁월했지만 시공 또한 걸출한 도편수와 실력 있는
대목장의 솜씨로 여겨졌다.

 자연적인 공간에 자연친화적인 요소를 가미하고 의미를 부여한

부용동 원림은 윤선도 원림으로도 부르고 있다. 윤선도의 지혜와 정성이 그대로 투영되었기 때문인 듯했다. 〈어부사시사〉 40수는 춘하추동 각 10수씩으로 구성되어 있다. 어부의 입장에서 자연을 묘사하고 함께 어우러지며 풍류를 즐기는 모습을 통해 현실 정치를 벗어나 자연 속에서 안빈낙도의 삶을 살고자 한 윤선도의 마음이 고스란히 느껴졌다. 세속을 잊고 별천지에서 풍류를 즐기고자 한 이면에는 역으로 현실 정치에서 소외된 그의 마음이 읽혔다.

(2022.5)

낙서재(樂書齋)와 곡수당(曲水堂)

낙서재와 곡수당은 부용동 원림에서 차로 5분, 도보로는 30분 남짓 걸리는 거리에 있다. 원림과 상당한 거리를 둔 것이 처음에는 이해가 되지 않았지만 낙서재와 곡수당이 자리 잡은 터를 보고는 비로소 이해가 되었다. 낙서재는 그야말로 양택 명당에 자리 잡았다. 부용동 원림의 뒷배를 든든히 받쳐 주는 격자봉의 혈 자리 위치라고 했다. 예전에는 초가한옥이었으나 후손들이 기와집 한옥으로 새로 지었다. 동천석실이 정면으로 빤히 바라다보이는 남향받이에 위치했다. 산자락 중턱에 자리 잡은 동천석실을 낙서재 마루에 걸터앉아 멍하니 바라보는 느낌이 좋았다. 동천석실을 품고 있는 산자락이 아늑했다. 비단을 두른 듯 연초록 바다가 산 전체를 휘감고 보기 드문 진경을 연출했다. 산 능선이 보길보길했다.

윤선도가 주로 거주했던 낙서재는 그가 85세의 일기로 운명을 달리할 때까지 머물렀던 곳이다. 내가 보기에도 자리 잡은 터가 아주 좋았다. 다소 쓸쓸하게 느껴졌지만 주거지로서의 자연환경은 이만한 곳이 없을 듯했다. 곡수당은 바로 아래쪽 개울가에 있는데 5남인 학관이 아버지 윤선도를 위해 계곡물이 흐르는 곳에 별도로 지은 집(서재) 옆에 자신의 처소로 지은 집이다.

곡수당이란 계곡물이 휘어져 흐르는 곳에 지은 집이라는 뜻이다. 곡수당과 낙서재 또한 건물의 위치와 형태 또한 세연정과 더불어 한옥 건축물의 정형에 가까웠다. 한 마디로 잘생겼다. 잘생긴 건물은 품격이 느껴지는 법이다. 하수는 폼이 나고 고수는 빛이 난다고 했다. 세연정, 낙서재, 곡수당이 모두 딱 그러했다. 아늑한 자연 속에서 아주 돋보였고 빛이 났다.

고산 윤선도의 격에 걸맞는 건축물처럼 느껴졌다. 사치스럽지는 않으나 화려했다. 백제시대의 문화를 표방하는 단어인 '검이불루 화이불치(儉而不陋 華而不侈)'는 조선시대에도 그대로 이어져 적용되었다고 한다. 궁궐 건축을 보면 우리가 느낄 수 있다. 아주 상징성을 드러내야 하는 건축물을 제외하고는 대부분 검소한 선에서 해결했다. 창덕궁에 있는 궁궐건축물 답사 시 문화 해설사가 강조한 내용이기에 뇌리 속에 선명하게 남아 있다.

사실 검소하면서 누추하지 않고 화려하면서도 사치스럽지 않기는 쉽지 않다. 세심한 살핌과 돌아봄이 없으면 이룰 수 없다. 그럼에도 우리는 민족의 정체성으로 인정하고 실천하려고 노력해야 한다. 특히 사회 리더의 위치에 있는 사람들은 좀 더 헌신적으로 실천해야 하고 또 노력해야 한다. 작금의 사회적 위기, 도덕적 위기의 극복은 여기에서 시작해야 하지 않을까 싶다. 배금주의에 물든 현대 사회가 제대로 방향을 잡고 성장, 발전하기 위해서는 필수 요소가 아닌가 싶다. 정치도 이런 바탕 위에서 제대로 자리 잡아 갔으면 좋겠다. 이런 문화를 배경으로 신바람 나는 사회로 거듭나야 경제도 살고 개인의 삶에도 윤기가 도는 법이다. 우선 나부터 실천해야 하지 않을까 싶다.

(2022.5)

아무튼, 여행
해남, 강진, 완도, 보길도, 진도

낙서재

곡우당

동천석실(洞天石室)

　동천석실은 낙서재 진입부 차가 다니는 도로에서 보통 걸음으로 15분 정도면 갈 수 있다. 낙서재에서는 대략 18분 정도 걸렸다. 눈으로 보기에는 30분 이상 걸릴 듯싶지만 15분이면 충분했다. 물론 아주 천천히 걸으면 30분 정도 걸린다고 볼 수 있다. 도로에서 계곡을 건너면 동백나무 숲속으로 빨려 들어간다는 표현이 맞다고 할 정도로 울창한 동백 숲이 우리를 반겼다. 어두컴컴한 숲속을 15분 정도 걸어 오르면 순간적으로 터진 공간이 나타나고 가까운 거리에 윤선도가 가끔씩 잠을 청하기도 했던 침실 한옥 건축물이 나타나고 그 위쪽으로 동천석실이 자리 잡았다.

　동천석실 앞에 서자 그다지 높은 지형이 아닌데도 놀라운 풍광이 펼쳐졌다. 부용동 일대와 낙선재, 곡수당 일대가 한눈에 조망되었다. 격자봉을 중심으로 좌우로 길게 펼쳐진 산 능선이 연초록 숲으로 치장을 하고 아름다움을 한껏 뽐냈다. 곡수당, 낙선재를 아늑하게 품고 있는 모습이 참으로 아름다웠고 부드럽고 유순했다. 적당한 호연지기와 안온한 느낌이 동시에 느껴졌다. 마치 신선이 인간 세계를 바라보고 있는 듯한 그런 느낌이 들었다.

170

동천이란 신선이 사는 곳을 의미하기도 하고 산수가 탁월한 풍광 좋은 곳을 일컫는 말인데 이곳에서 바라보는 풍광이 딱 그러했다. 1칸 정도인 내부 공간이 답답해 보였지만 사방으로 창을 열면 작은 공간이 우주로 확장되는 느낌이 들 정도로 공간이 크게 느껴졌다. 작지만 결코 작게 느껴지지 않았다. 창이 주는 공간의 마술이다. 차를 즐겼던 바위와 도르래를 이용하여 낙서재에서 음식을 날랐다고 하는 용두암을 비롯해 다양한 공간들이 곳곳에 돋보였다. 있는 그대로의 자연을 최대한 활용하여 자연을 벗하며 즐기는 공간으로 조성했다.

동천석실에서 오래도록 산과 들을 바라보고 있으니 세상사는 일이 별것 아닌 양 느껴졌다. 자연이 주는 마술인 듯했다. 의식이 우주까지 확장되는 느낌이 들었고 자연과 합일되는 느낌이 강하게 일었다. 부드럽지만 강한 기운이 온 몸을 감싸며 마음을 편하게 했다. 한참 동안 멍한 상태로 있었다. 머릿속의 복잡하게 얽히고설킨 것들이 스르르 사라졌다. 머릿속이 텅 비워지는 느낌이 듦과 동시에 뇌가 작동을 멈춘 듯 잡념이 떠오르지 않는 신기한 체험을 했다. 좋은 터와 멋진 경치(풍광)가 주는 힘인 듯했다.

(2022.5)

작지만 당차게 느껴지는 동천석실

동천석실에서 바라본 조망

시무팔조소(時務八條疏)

동천석실에서 부용동 일대를 잠시 동안 바라보고 있자 속세의 잡다한 소리들이 사라지고 고요한 정적만이 맴돌았다. 텅 빈 충만이라는 표현이 비로소 이해가 되었다. 무엇인가를 얻으려 하지 말고 조용히 생각이 끊어진 상태에서 무심히 바라보고 있으니 건너편의 부드러운 능선을 보듬고 있는 격자봉, 수리봉이 우리에게 말을 걸어 오는 듯했다. 너무 나대지 말고 순간순간에 집중하며 사는 것이 진정한 삶이라고 말하는 듯했다.

이런 곳에 건축물을 지을 생각을 한 고산은 일반인들과는 아주 다른 사고를 지닌 인물인 듯했다. 바로 아래에 있는 작은 한옥 단칸 침실에서 하룻밤만 묵어도 심신이 개운해지고 새로운 활력이 생길 듯했다. 온돌을 깔아 난방을 가능하게 했다고 하니 겨울철에도 가끔씩 이곳에서 잠을 청하기도 했던 모양이다. 27년 만에 찾은 보길도에서 해남 윤선도 유적지에서는 느끼지 못한 윤선도의 삶과 생활을 되돌아보았다.

16년간의 장기간의 유배생활과 불의를 보면 참지 못하는 곧은 성정, 3번의 장원급제를 할 정도로 천재적인 머리를 자랑했지만〈어부사시사〉, 〈오우가〉 등 조선을 대표하는 가사문학을 생산하지 않았다면 오늘날 이토록 추앙받지 못하였을 것이다. 그런 멋진 작품을 남긴 배경에는 그의 오랜 유배 생활과 해남, 보길도의 자연환경이 톡톡히 한몫을 하지 않았을까 했다. 때 묻지 않은 자연환경이 인간에게 미치는 영향은 크다. 후손에게 물려줄 자연은 우리가 반드시 지켜야 할 의무다. 보길도가 더 이상 개발의 손길이 닿지 않은 채 지금 그대로 보존되길 간절히 소망했다.

  마지막으로 윤선도가 남긴 〈시무팔조소(時務八條疏)〉를 적어 본다. 오늘날에도 아직 유익한 내용이 아닌가 했다. 1652년(효종 3년) 예조 참의였던 고산이 임금께 올린 나라를 다스리는 방책에 대한 상소인데 나라와 임금에 대한 사랑이 가득 담겼다. 인문학의 힘이 느껴졌다. 인문학은 오래된 미래라는 말을 다시 한번 새겼다.

    1. 畏天(외천: 하늘을 두려워하라)

    2. 治心(치심: 마음을 다스려라)

    3. 辨人材(변인재: 인재를 구별해서 써라)

    4. 明賞罰(명상벌: 상벌을 명확히 하라)

    5. 振紀綱(진기강: 기강을 세워라)

    6. 破朋黨(파붕당: 당쟁을 없애라)

7. 強國有道(강국유도: 강한 나라에 길이 있다)

8. 典學有要(전학유요: 경전을 공부하는 것이 필요하다)

(세연정 매표소가 있는 윤선도 전시관(정보센터) 내에 있는 내용을 발췌함)

(2022.5)

시무팔조소

보배섬 진도(珍島)

완도에 온 김에 시간을 쪼개 보배섬 진도를 찾았다. 이곳에 한 번 오려면 큰마음을 내지 않으면 어려운 곳이어서 꼭 둘러보고 싶었다. 이번이 진도 방문 세 번째이지만 여전히 진도는 내게는 미지의 섬이다. 10여 년 전 처음 찾았을 때는 주요 관광지만 주마간산(走馬看山) 식으로 둘러보았지만 그래도 감동은 꽤 컸다는 기억이 생생하다. 5년 전 두 번째로 찾았을 때는 진도 토박이인 대학 동기의 안내로 운림산방, 첨찰산, 동석산 그리고 관매도까지 2박 3일에 걸쳐 둘러보았는데 특히 운림산방과 동석산 그리고 관매도는 화룡점정이었다.

동석산(219m)은 높지 않았지만 산 전체가 바위로 이루어져 암릉미가 빼어났고 정상에서의 조망은 상상 그 이상이었다. 낮은 높이의 산으로 느껴지지 않을 정도로 호연지기를 느낄 수 있었고 200m 대의 산이 왜 대한민국 100대 명산에 꼽혔는지 이해가 되었다. 관매도는 세월호의 아픔이 진하게 배어 있는 팽목항에서 배로 1시간 반 정도 소요되는 섬으로 해수욕장 백사장과 섬 둘레길 풍광이 압권이었다. 진도에 와서 진돗개도 꼭 보고 가야 하겠지만 운림산방, 동석산, 첨찰산, 관매도는 필히 보고 가야 하는 자연문화유산이다. 한번 오게 되면 최소 2번 이상은 오게 만드는 신비한 마력을 품은 섬이 아닌가 싶다.

청정해역을 자랑하는 진도 앞바다

보배섬 진도는 우리나라에서 3번째로 큰 섬이다. 자연 풍광이 아름다운 조도, 관매도를 비롯해 254개의 섬으로 이루어진 커다란 섬이다. 진도의 부속 섬이 254개(유인도 45개, 무인도 209개)나 된다는 사실이 놀라웠다. 진도는 제주도, 거제도 다음으로 크다. 강화도가 더 큰 섬인 줄 알았는데 강화도는 4번째로 큰 섬이라고 했다. 인구는 3만여 명으로 이곳 역시 소멸 지방도시에 속한다고 하는데 최근 국내 최고의 리조트 전문기업에서 쏠비치 진도를 오픈해 성업 중이라고 하는 것을 보면 진도 역시 남해안 관광벨트의 한 축을 담당하지 않을까 싶다.

최근에는 제주도 가는 배편까지 생겨 이웃하고 있는 완도와 더불어 많은 관광객을 불러들이지 않을까 했다. 지방 소멸도시가 살아남으려면 관광 자원을 잘 활용하여 사람들을 불러 모으게 하는 것이 급선무다. 물론 교통 문제가 해결되면 금상첨화지만 재원은 늘 한정되어 있기에 아직은 더 많은 시간이 필요해 보였다. 때 묻지 않은 자연 환경을 지닌 진도는 조만간 완도 그 이상으로 각광을 받지 않을까 했다.

(2022.5)

운림산방(雲林山房)

운림산방은 진도 여행 1번지를 자처하는 곳이다. 첨찰산, 동석산은 몰라도 운림산방은 진도를 한 번이라도 와 본 사람은 반드시 방문하는 곳이다. 진도 여행의 필견 코스라고 할 만하다. 우리나라 남종화의 메카이자 조선 후기 남종화의 대가 소치 허련(1808~1893) 선생께서 말년에 거주하며 그림을 그렸던 곳으로 소치-미산-남농-임전 등으로 5대에 걸쳐 이어지는 우리나라 남종화의 본향이다. 5대 이후로도 예술가의 유전자는 이어져 오늘날에 이르기까지 한국

미술의 계보를 이어 가고 있는 흔치 않은 사례가 되고 있다고 한다.

매표소를 지나자 운림산방 홍보 안내 책자의 앞장을 차지하고 있는 장면이 그림처럼 펼쳐졌다. 사진보다 실제가 훨씬 나아 보였다. 운림지와 뒤로 보이는 한옥 건축물(소치 허련 화실)이 한 폭의 정물화로 느껴졌다. 너른 정원이 사람의 마음을 푸근하게 하고 여유로운 분위기를 한층 북돋워 주었다. 운림지 주변에 빙 둘러앉아 연못을 관찰하고 사진을 찍고 있는 방문객들의 표정이 밝았다.

천천히 운림지와 소치 허련이 거주했던 한옥 건축물을 둘러보며 조선시대 선비의 삶을 떠올렸다. 이런 곳에 거주하면 저절로 품격 높은 인성이 몸에 배어 들 듯했다. 진도에서 가장 높은 산인 첨찰산(485m)이 뒷배를 튼튼하게 받쳐 주고 있어 수준 높은 경치를 연출해 주고 있었다. 소치 허련을 비롯해 5대에 걸쳐 이어지는 후손들의 작품을 운림지에서 조금 떨어져 있는 소치 기념관에 아주 보기 좋고 이해하기 쉽도록 전시하고 있었다. 5년 전 두 번째 왔을 때보다 새로워졌고 작품들도 많이 추가되었다. 최신의 전시 기법을 도입해 아주 관람하기 좋았다.

소치 기념관 입구의 소치 허련 운림산방 화백의 계보도가 알기 쉽게 정리되어 있어 이해하기 쉬웠다. 소치 허련 선생은 20대 시절, 초의선사에게 학문을 익히고 추사 김정희 문하에서 서화를 배웠다. 시, 서, 화에 모두 뛰어나 삼절(三絶)이라는 칭송을 받았다고 한다. 내가 보기엔 글씨가 그림보다 더 뛰어나다는 느낌이 들었다. 서로 다른 두 분야의 우열을 논한다는 자체가 우스운 일이지만 내게는 그리 느껴졌다. 그림에서 뿜어 나오는 기운은 부드러웠고 서체에서 드러나는 기운은 올곧은 선비의 강직한 기상이 느껴졌다. 그림과 서체 모두 물 흐르듯 그려 내고 써 내려간 느낌이 들었다. 그런 경지에 올라야 비로소 대가의 경지로 자리매김하는 것이 아닌가 했다.

신은 디테일에 있다고 했다. 디테일을 무시하면 반드시 큰 탈이 나게 되어 있고 특히 건축물의 경우는 완성도를 크게 좌우한다. 쉽게 이야기하면 디테일을 소홀히 하면 하자 등 다양한 문제를 야기하고 디테일을 철저히 신경 쓰면 쓸수록 완성도가 높아져 모두가 만족하게 되고 그럴 경우 모두에게 득이 된다는 사실이다. 악마와 신이 대척 관계에 있듯이 디테일을 어떻게 처리하느냐가 건축을 포함한 모든 사업의 성패를 좌우한다.

디테일이 부족해서는 절대로 대가의 반열에 오를 수 없다. 삶 또한 그렇다. 선진 국가, 선진 사회, 선진 국민이 되려면 디테일에 강

해야 한다. 디테일이 곧 실력임을 인정하는 사회가 진정한 프로의
세계이며 그런 국가, 기업, 개인들만이 살아남을 수 있지 않을까 싶
다. 진정한 실력은 디테일에 있다. 소치 허련의 작품들을 보면서 다
시금 든 생각이다.

(2022.5)

운림산방과 연못

소치 허련

나는 그림에는 어렸을 때부터 소질이 없고 젬병이어서 그림을 잘 그리는 사람을 보면 우선 부러운 생각과 더불어 나와는 다른 존재로 여겨 왔다. 특별한 달란트를 갖고 태어난 사람으로 느꼈고 지금도 같은 생각이다. 대가의 경지에 이른 사람의 그림과 서체를 보면 하늘이 내린 사람으로 여겨질 정도다. 물론 드러나지 않은 남다른 숨은 노력이 있었겠지만 대가는 하늘이 내린 사람으로 믿고 싶을 정도로 내게는 돋보이는 사람이다.

소치 허련을 비롯해 5대에 걸쳐서 대단한 경지를 이어 간다는 것은 놀라운 일이 아닐 수 없다. 작품 세계는 서로 비슷한 듯 했지만 조금씩 달랐고 비교가 되었다. 자세히 살피며 감상하려면 반나절로는 어림없을 정도로 전시된 서화가 많았다. 서양화에 익숙한 안목이 동양화를 보면서 내 본연의 정체성을 찾아가는 듯한 느낌이 들었다. 우리나라 자연을 그려 낸 그림이기에 더욱 정감이 갔다. 지금껏 잘 보전, 계승되어 전시되고 있다는 사실에 감사했다.

소치 허련의 〈모란 팔곡병〉과 2대 미산 허형의 〈매화 팔곡병〉은 나를 작품이 있는 곳에 한참을 서 있게 만들었다. 꽃 중의 꽃이라는 모란과 설중매로 유명한 매화를 8폭의 병풍에 담아낸 작품인데 비슷한 듯 다른 그림이 도드라졌다. 꽃에 색을 입혔더라면 하는 우매한 생각으로 약간의 아쉬움은 떨칠 수 없었지만 단색으로도 얼마든지 꽃 그림을 그릴 수 있다는 것이 새롭게 느껴졌다. 그림을 잘 그리려면 좋은 그림을 많이 보고 특히 대가의 그림을 모사하는 노력이 꼭 필요하지 않을까 하는 생각이 들었다. 전시되어 있는 그림 하나하나가 대단해 보였다. 붓 터치의 세밀함이 살아 있다는 느낌을 강하게 받았다. 보고나서 조금이나마 동양화를 보는 안목이 깊어진 기분이 들었다. 한국 전통 산수화의 원형을 보는 듯했다.

운림(雲林)이란 안개가 구름숲을 이룬다고 해서 붙인 이름이다. 지금은 잘 모르겠지만 예전에는 비 오는 날이면 첨찰산 상록수림에서 뿜어내는 한기로 인해 짙은 안개가 숲을 이루었다고 한다. 짙은 안개가 구름으로 대체된 듯했다. 옛 분들의 과장법은 지금보다 한 수 위라는 것은 누구나 다 아는 사실이다. 운림산방은 면적이 꽤 컸다. 전반적으로 터도 밝았고 운림지가 있는 공간과 소치 기념관 공간을 구분하고 정원을 크게 두어 너른 공간감이 느껴졌다. 기품이 있는 정원으로 느껴졌고 이런 공간을 개방하고 있는 것에 감사했다. 한옥 건축물과 연못 그리고 정원이 첨찰산을 배경으로 안온했다. 운림산방과 소치 허련은 진도의 이미지를 대표하고 있다고 해도 과언이 아닐 듯했다.

(2022.5)

소치 기념관

모란 팔곡병

아무튼, 여행
해남, 강진, 완도, 보길도, 진도

첨찰산(尖察山) 쌍계사(雙溪寺)

첨찰산 쌍계사는 운림산방과 바로 이웃해 있다. 예전에는 운림지에서 오솔길(샛길)로 연결되어 있었는데 지금은 수풀이 울창해져 길이 사라졌다. 운림산방 관리소에서 샛길을 막아 버린 듯했다. 서로가 각자의 공간을 존중하자는 좋은 뜻이 담기지 않았나 싶다. 쌍계사는 천 년 고찰이다. 사찰의 규모는 작았지만 천연기념물(107호)로 지정된 상록수림으로 둘러싸여 있어 기품이 있었다.

쌍계사는 신라 문성왕(839~857) 때 도선국사가 창건하고 조선 숙종 23년(1697년)에 중수한 후 2015년에 해체, 복원하였다고 한다. 천 년 고찰이 첨찰산의 상록수림 품 안에서 안온했다. 전각의 배치는 여느 사찰과 비슷했다. 대웅전이 아담했다. 정면 3칸, 측면 1칸의 대웅전이 사찰의 규모에 걸맞게 적당했다. 쌍계사에서 꼭 놓쳐서 안 되는 것은 대웅전에 있는 목조 석가여래 삼존좌상이다(조선 현종 6년, 1665년 제작).

어느 절이든 사찰에 오시면 대웅전 내부에 들어가 보시길 권해드린다. 사찰의 핵심공간이기에 자세히 살펴보면 얻어 가는 게 많다. 불화로 일컫는 탱화도 감상하고 본존불로 모시고 있는 조각불상의 상태와 표정도 살펴보는 재미가 있다. 대웅전의 본존불인 목조 석가여래 삼존좌상은 보존 상태가 좋고 목조 형식의 불상은 그리 많지 않기에 보물로 지정된 듯했다.

또 하나는 시왕전의 목조지장보살상이다(조선 현종 7년, 1666년 제작). 이 역시 목조로 된 조각상으로 시왕을 비롯해 33구의 목조 조각상은 꼭 보고 가야 한다. 보물은 아니지만 보물에 버금가는 조각상이다. 지장보살이란 저승세계에서 고통받는 중생을 구원하기 전에는 부처가 되지 않겠다고 맹세한 보살이고 시왕이란 저승세계에서 죽은 자의 죄를 심판하는 10명의 왕을 말한다고 한다. 사후세계에 관심이 많은 사람은 한 번은 보고 가서야 하지 않을까 싶다. 보시고 나면 죄짓는 일은 절대로 하지 않겠다는 서원(誓願) 정도는 하지 않을까 했다.

일주문 지나 있는 사천왕 조각상이 여느 사찰과 조금 달랐다. 무섭기 그지없는 모습에서 살짝 벗어났다. 예전에 있던 것을 없애고 새로 제작할 때 조금 현대식으로 표현을 바꾼 듯했다. 약간의 해학(諧謔)이 느껴지는 조각상이 정겨웠다. 사찰도 조금씩 시대에 맞춰 변화를 추구하는 듯했다. 사천왕은 동서남북 사방에서 부처의 법을 지키는 수호신으로 사찰 핵심공간에 들어서기 전 깨끗한 마음으로 들어서라는 의미를 담은 조각상이다.

　사찰에 들어서기 전 그런 자세로 마음을 다소곳하게 내려놓고 사
찰을 둘러보면 사찰이 주는 좋은 기운이 동기감응(同氣感應)을 일
으켜 나를 새롭게 하지 않을까 했다. 무엇이든지 그런 마음을 내면
그에 걸맞는 기운이 내게 주어질 듯했다. 자연환경이 좋고 않은 터
가 좋은 사찰이 주는 무언의 자비가 아닐까 싶었다.

(2022.5)

쌍계사 대웅전과 앞마당

첨찰산(尖察山) 상록수림

첨찰산은 쌍계사를 들머리로 해서 오를 수 있다. 쌍계사 좌측 계곡이 있는 방향이 등산로이고 계곡을 지나면 곧 상록수림이 울창한 숲 터널이 나타난다. 짙은 숲 내음을 맡으며 어렵지 않게 1시간 반 정도면 정상에 오를 수 있다. 원점회귀 산행 시는 2시간 반 정도면 넉넉하게 다녀올 수 있다. 진도의 진산인 첨찰산 정상에 서면 일망무제의 조망을 보고 느낄 수 있기에 적극 추천드리고 싶다.

첨찰산(尖察山)이라는 이름이 독특했다. 뾰족하게 살피는 산이라는 의미가 먼저 떠올랐다. 또 다른 의미로는 뾰족하게 돌출된 곳에서 주변을 세세히 살피는 산이라는 군사적인 의미도 느껴졌다. 예전에 봉수대가 있었기에 그런 이름이 붙여졌는지 모르겠다. 국내에서 3번째로 큰 섬이지만 첨찰산에 봉수가 오르면 진도 어디서든 볼 수 있기에 군사적인 의미로 해석하는 것이 타당하지 않을까 싶었다. 또 한편으로는 뾰족하게 내 마음을 살핀다는 불교적 용어로 해석해 볼 여지도 있어 보였다. 물론 이것은 순전히 내 생각이고 추측일 뿐이다.

쌍계사는 신라시대 도선국사가 창건한 천 년 사찰이고 진도에서 가장 기운 좋은 터에 지은 사찰이기에 마음공부를 제대로 하라는 뜻에서 작명되지 않았을까 싶다. 어느 추측이든 다 일리는 있어 보였다. 첨찰산으로 작명한 것에는 두 가지 뜻이 모두 담긴 용어 선택이라는 느낌이 강하게 드는 건 나만의 우매한 생각일까?

첨찰산 정상에 오르는 또 다른 코스는 자동차로 진도 기상관측소까지 이동, 관측소에 차를 주차 후 걸어 20분 정도면 오를 수 있다. 시간이 부족하거나 산행이 어려운 분이라면 이 방법을 추천드리고 싶다. 기상 관측소 가는 길에서 첨찰산 가는 등산로상에 볼 수 있는 산딸기 꽃 군락은 6, 7월 여름철이면 산딸기 열매가 지천으로 달려 잠시 동안이나마 산딸기의 유혹에 빠져 볼 수 있다는 것을 귀띔드린다. 기상관측소 내부도 코로나 발생 이전에는 둘러볼 수 있었는데 지금은 코로나로 인해 둘러볼 수 없었다.

첨찰산이 육산이라면 동석산은 바위산이다. 어머니 산 느낌이 나는 첨찰산(尖察山, 485m)과 아버지 산 느낌이 드는 동석산(銅錫山, 219m)은 진도를 대표하는 산들이다. 그리 높은 산들은 아니지만 두 산 모두 정상에 서면 진도의 풍광을 제대로 만끽할 수 있고 〈진도 아리랑〉의 푸근하지만 애틋한 기운을 느낄 수 있다. 진도는 지금은 진도대교로 인해 육지와 이어졌지만 예전에는 조선시대의 유배지로 이름 높은 섬 중의 하나였기에 오랜 세월에 걸친 애환이 많은 섬이기에 진도를 둘러보는 느낌이 여느 섬들과는 달랐다.

(2022.5)

첨찰산 정상 가는 길의 상록수림

아무튼, 여행
해남, 강진, 완도, 보길도, 진도

진도 아리랑과 진도 홍주

　오랫동안 쌓인 애환을 녹여내려면 노래만 한 것이 없다고 했다. 〈진도 아리랑〉은 노동의 고단함을 이겨 내기 위해 만들어진 면도 있지만 오랜 세월에 걸쳐 수많은 사람들의 말 못 하는 애환이 담긴 노래라고 볼 수 있다. 현대인의 시각으로 보면 구수한 지방 토속 민요에 불과(不過)하다고 느낄 수 있지만 그 이면에는 험난한 세월을 이겨 온 수많은 경험과 농밀한 사연이 담겼다고 볼 수 있지 않을까 싶다. 〈미스트롯〉의 송가인 고향으로도 유명한 진도는 한국 고유의 노래 중 하나인 남도민요(창)를 꼭 들어 봐야 한다. 진도군 내에 있는 공연장에서 무료로 관람할 수 있기에 진도를 본격적으로 둘러보기 전 꼭 공연장에서 관람해 보시길 적극 추천드린다.

　첨찰산 상록수림은 2007년 제8화 전국 아름다운 숲 전국대회에서 공존상을 수상할 정도로 숲이 좋다. 원시림에 가까운 상록수림이 지금까지 잘 보전되어 온 것은 기적에 가깝다. 18만여 평에 가까운 규모로 다양한 수종의 수목들이 공존하며 살고 있다. 난대림의 대표적 수종인 동백을 비롯해 후박, 참가시, 종가시, 생달, 모새, 참식, 차, 자금우, 광, 붉가시, 메밀잣밤나무 등의 상록성의 잎 넓은 나무들과 졸참, 자귀, 느릅, 말 오줌때, 쥐똥, 실거리, 조록싸리, 소사,

갈매, 윤노리, 굴피, 예덕나무 등의 낙엽성 잎 넓은 나무들이 서로 다양성을 인정하며 공존하고 있다고 한다. (쌍계사 경내에 있는 상록수림에 대한 안내문 참조)

상록수림이 지금까지 잘 보전된 데에는 마을 주민들과 쌍계사 스님들의 헌신적인 노력이 있지 않았을까 했다. 이 큰 면적의 상록수림이 제대로 보전되어 지금까지 잘 관리되고 있다는 것은 지금 생각해도 불가사의하다고 할 정도로 대단한 일이 아닐 수 없다. 여러 세대를 거쳐 지속적으로 이어진 마을 주민분들의 헌신과 숲을 사랑하는 마음에 경의를 표하고 싶었다. 먹을 것조차 넉넉하지 않았던 시절에도 사명감으로 지켜 냈을 선조들의 노력을 생각하니 가슴이 저릿했다. 후손에게 물려줄 자연은 우리가 사명감으로 지켜 내야 한다는 당위성을 다시금 새겼다.

이곳 상록수림은 제주의 곶자왈처럼 상록수림 내에 덩굴식물인 마삭줄, 멀꿀, 모람 등이 엉켜 함께 살고 있어 학술적으로도 뛰어난 가치를 지니고 있다고 한다. 주지하다시피 상록수림은 우리나라에서는 제주도를 비롯한 남쪽의 섬들과 전남, 경남의 바닷가가 대부분을 차지하고 있으나 환경파괴로 점점 그 면적이 줄어들고 있다고 한다. 두 눈 부릅뜨고 자연환경 보전에 힘쓰고 나부터 앞장서는 자세를 보여야 하지 않을까 싶었다.

　진도 하면 진돗개와 진도 홍주를 빼놓고 이야기할 수 없다. 영리한 면에서는 타의 추종을 불허하는 진돗개는 사실 키우기 쉬운 개는 아니다. 영리한 동물일수록 그렇다. 주인 중에서도 자신에게 먹이를 주는 주인에게만 맹종하기 때문이다. 정도에 있어 차이는 있지만 키울 때 많은 주의가 요한다. 야성도 강해 다른 개들과 싸움도 마다하지 않고 멧돼지 사냥에도 능하다. 결코 뒤로 물러서지 않는 용맹성은 한편으로는 여러 가지 문제를 야기하기에 아주 주의하면서 키워야 한다.

　진도 홍주는 독한 술이다. 지초 뿌리를 이용해 쌀과 보리를 7:3으로 배합하여 만든다고 하는데 색이 홍색을 띠어서 홍주라고 한다. 짙은 분홍색이 진도의 애환을 닮은 듯 처연했다. 지초는 3대 신약으로 알려져 있을 정도로 약효가 좋다고 하며 특히 당뇨와 항염증, 항균, 관절염 치료에 좋다고 한다. 독주여서 뒤끝은 깨끗하다. 가격도 적정해서 가성비도 좋은 편이다.

　홍주는 진도에서만 생산되는 술이어서 진도를 대표하는 술의 하나로 독보적인 지위를 가지고 있다. 울금 막걸리와 더불어 진도를 대표하는 홍주는 진도 한정식에 곁들이면 금상첨화임을 알려 드린다. 또한 진도에 오시면 시간을 내어 꼭 관매도도 둘러보시길 강추드린다. 관매도를 둘러보시면 대한민국에 숨은 비경이 얼마나 많은지 다시 한번 깨닫는 기회가 되지 않을까 싶다. 금수강산 대한민국은 후손 대대로 잘 보전, 계승되어야 마땅하고 지금을 살고 있는 우리는 특별한 사명감을 가지고 노력해야 하지 않을까 싶었다.

(2022.5)

관매도(觀梅島)

진도의 부속 섬인 관매도는 한려해상국립공원에 포함된 조도군도(鳥島群島)의 하나로 천혜의 절경을 자랑했다. 세월호의 아픔이 아직도 진하게 남아 있는 진도(팽목)항에서 1시간 20분 남짓 소요될 정도로 멀었다. 지도상으로는 그리 멀어 보이지 않았으나 여객선으로는 제법 시간이 걸렸다. 맹골 수역(도)으로 이름난 빠른 조류도 어느 정도 영향을 미치고 있는 듯했다. 진도(팽목)항 등대에 새겨진 노란 리본이 세월호의 아픔을 상징적으로 대변하고 있었다.

아무튼, 여행
해남, 강진, 완도, 보길도, 진도

관매도는 조도군도의 큰 섬 상조도와 하조도 후면에 위치했고 섬 형태는 매가 날개를 편 형국으로 아주 날렵한 모습이다. 여객선상에서 잠시 세월호 희생자 분들께 묵념을 드렸다. 안타깝게 죽어 간 고인들을 생각하며 사람 사는 세상에 이와 유사한 엄청난 인재는 더 이상 존재하지 않기를 간구했다. 돌아가신 영령들이 하느(나)님의 품속에서 위로받고 남은 가족들도 살아가는 동안에는 더 이상의 아픔을 겪지 않게 되기를 간절히 기도드렸다. 아직 그분들의 가슴속에 남아 있는 짙은 슬픔도 조속히 치유되길 소망했다. 아픈 기억을 뒤로하고 관매도 가는 길은 무척 평화로웠다. 날갯짓하는 갈매기들이 평화의 상징처럼 하늘을 수놓고 있었다.

관매도는 크게 관매마을과 관호마을로 나뉘어져 있다. 면적은 4.08㎢, 인구 480여 명의 아담한 섬이지만 곳곳에 절경을 감추고 있어 사시사철 찾는 사람들이 많다고 한다. 배편이 아직 넉넉하지 않아 당일치기로 할 경우는 배편으로 인해 단 2, 3시간 남짓의 시간 동안만 둘러보아야 하기에 마음이 바빴다. 시간이 주어지면 최소 1박 2일은 머물러야 관매도 8경 정도는 다 둘러볼 수 있지 않을까 싶었다.

욕심은 늘 화를 부르기에 우리는 몇 군데만 집중해서 둘러보기로 했다. 진도 토박이인 친구의 안내 덕분에 짧은 시간이었지만 알찬 여행이 되었다. 관매도 1경을 자랑하는 관매해변(백사장)을 먼저 찾았다. 선착장에서 그리 멀지 않았다. 3㎞에 가까운 길고 넓은 해변이 장관이었다. 누가 말할 것도 없이 모두 신발을 벗고 맨발로 해변을 걸었다. 보드라운 모래가 살갗에 닿는 촉감이 좋았다. 아직 해수욕장은 개장 전이어서 사람들은 거의 없었다.

사람들은 살면서 행복을 추구한다. 각자 추구하는 방법은 다르지만 일반적으로 돈을 벌기 위해 일하는 것보다는 일의 보람을 느끼며 일할 때가 행복한 법이다. 또 하나는 베푸는 삶을 사는 것이다. 베푸는 것도 처음에는 연습이 필요하다. 생각만 있지 실천하지 않으면 언제나 제자리에서 맴돌 뿐이다. 작은 것이라도 실천하면 길이 열린다. 가진 것 없는 사람도 얼마든지 할 수 있다. 작은 친절 하나, 상냥한 말, 약간의 기부 등 그 외에도 생각해 보면 얼마든지 있다.

누군가를 위해 기꺼이 이야기를 들어 주고 고난을 겪고 있는 상대방의 아픔을 위로하고 어려운 환경에 있는 사람들에게 작은 정성이라도 보태는 것이 중요하다. 세상은 연결되어 있기에 어려운 환경에 있는 사람들의 아픔이 곧 나의 아픔이 될 수 있는 법이다. 방관자의 자세를 버리고 나도 그들처럼 될 수 있다는 생각을 조금이라도

넓고 깨끗한 관매도 해변

할 수 있다면 삶에 대한 자세는 달라지지 않을까 싶다. 금수강산 대한민국이 서로 돕고 사랑하며 살아가는 사람들의 터전이 되었으면 좋겠다. 아름답고 평화로운 섬 관매도에 와서 문득 든 생각이다.

(2022.7)

관매도(觀梅島) 하늘다리

옥빛을 띤 깨끗한 바닷물이 스르르 백사장 해변으로 밀려오는 모습이 아주 평화로웠다. 작은 게들이 모래 속에 집을 짓고 인적이 없을 때는 밖에 나와 놀다가 사람이 다가가면 전광석화 같은 속도로 모래 속으로 사라졌다. 게가 그렇게 빨리 움직이는 모습은 처음 보았다. 잠시 동안 해변에 앉아 바다를 바라보며 멍을 때렸다. 머릿속에서 헝클어진 온갖 생각들이 조금씩 제자리를 찾아가며 쓸데없는 잡념들이 사라졌다. 머리가 맑아짐과 동시에 가슴에는 평화로운 기운이 밀려왔다. 저절로 명상이 되었다. 마냥 이런 자세로 있고 싶었다.

관매도 해변 뒤로는 400여 년의 긴 시간을 지닌 해송군락이 관매도 해변을 더욱 돋보이게 하고 있었다. 해송군락을 천천히 걸어 보고 이웃한 관매마을도 일부 둘러보았다. 관매마을에 있는 800여 년된 후박나무가 장관이었다. 천연 기념물로 지정된 후박나무라고 했다. 마을 사람들은 거의 눈에 띄지 않았다. 섬 마을이어서인지 무척 아늑했고 평화로운 기운이 가득했다.

그 유명한 관매도 하늘다리 가는 길은 관호마을 고개 너머에 있었다. 약간 비탈진 언덕길을 넘어서자 또 다른 해안 절경이 펼쳐졌다. 언덕 좌측으로는 관매도에서 제일 높은 돈대산(219m) 가는 길이고 우측이 하늘다리 가는 길이라고 안내 표지판이 알려 주었다. 그림 같은 해안 절경과 쪽빛 바다가 휘황찬란했다. 바다는 햇빛을 받아 마치 보석을 깔아 놓은 듯 번쩍거렸다. 하늘다리 가는 길가에 있는 커다란 꽁(공)돌과 돌묘에서 기념사진을 찍었다. 해안가에 커다란 둥그런 돌이 있는 것이 신기했다. 옥황상제께서 가지고 놀았다는 전설이 재미있었다.

해안가를 따라 하늘다리까지 이어지는 오솔길에서 관매도의 해안 절경을 원 없이 감상했다. 섬과 섬 사이에 세워진 하늘다리 위에서 아래를 내려다보니 까마득했다. 섬과 섬 사이 간격이 3m 정도에 불과해 신비감을 느끼게 했다. 커다란 칼로 섬을 토막 낸 듯한 느낌이 들었다. 이곳에서는 날이 맑은 날이면 추자도를 볼 수 있다고 한다. 거차군도의 섬들이 형제 섬인 양 멀지 않았다.

한동안 이곳에서 망망대해를 바라보며 멍을 때렸다. 주어진 2시간이 훌쩍 지나갔다. 돈대산에 올라 관매도 전체를 조망해 보는 시간을 갖지 못한 아쉬움은 있었지만 하늘다리 가는 길에서 해안 절경을 감상하는 시간은 가슴이 벅차오를 정도로 좋았다. 개발되지 않은 천혜의 자연환경을 지닌 이곳이 주민들을 위한 최소한의 시설만 들어서고 자연 그대로 보존되기를 소망했다. 하늘과 바다가 한 몸이 되어 섬을 쪽빛으로 물들이고 있었다.

(2022.7)

하늘다리 가는 길에 바라본 해안 전망

조도

진도군도에 속하는 섬 속의 섬 조도는 관매도와는 또 다른 매력을 지닌 섬이다. 170여 개의 많은 섬들로 이루어진 조도군도의 대장 섬이다. 관매도 또한 조도의 부속 섬에 불과(?)하다. 상조도, 하조도 2개의 큰 섬으로 이루어져 있고 새가 날개를 펼친 모습이라고 해서 조도(鳥島)라는 지명이 붙여졌다고 한다. 진도(팽목)항에서 40여 분이면 닿을 수 있어 진도와 연계하여 여행할 수 있어 찾는 사람이 많다고 한다. 2023년 3월 중순 조금 일찍 봄을 마중하기 위해 친목 산악회 일행들과 2박 3일 일정으로 동석산 산행과 더불어 진도를 전반적으로 돌아보고 마지막 날 조도를 찾았다.

진도 토박이 친구 덕분에 예전에 제대로 둘러보지 못한 곳들을 세밀히 살펴보는 기회가 되었다. 알면 알수록 깊이를 가늠할 수 없는 명소와 유, 무형의 문화재가 풍성할 정도로 많다는 느낌을 받았다. 진도를 제대로 이해하고 알려면 한 달 정도는 이곳에 직접 살면서 보고 경험하지 않으면 모를 정도로 보고 느낄 것이 많았다. 제주도, 거제도 다음으로 큰 면적을 자랑하는 진도는 부속섬도 많아 다 돌아보려면 한 달도 부족하지 않을까 싶었다.

신비의 섬 조도

　함께한 일행들 중 상당수가 진도는 처음이어서 진도를 둘러보는 내내 즐거워하면서도 놀라워했다. 60이 넘어 찾은 일행 중 한 분은 진도의 모든 것을 진심으로 사랑하는 마음으로 대했다. 커다란 섬 진도는 진도대교를 건너오면 섬이라는 느낌이 들지 않을 정도로 광활하기에 육지에 머문 듯하다. 산에 오르거나 차를 타고 가다 만나는 바다를 통해 순간순간 섬이라는 것을 인식하게 될 뿐이다.

　진도(팽목)항에서 첫 배를 타기 위해 선착장에 모여 바다를 구경했다. 선착장에서 멀지 않은 곳에 있는 빨간 등대에 새겨진 노란 리본 표지가 세월호의 아픔을 대변하고 있는 듯했다. 선착장 방파제에 새겨진 세월호 승선자들의 죽음을 위로하는 글과 그림이 빼곡했다. 잠시 돌아가신 분들에 대해 묵념을 드리고 다시 한번 명복을 빌어 드렸다. 바다는 짙은 슬픔과 아픔을 품은 채 무심했다.

(2023.3)

동백섬, 조도

우리 일행을 태운 배는 조금의 흔들림도 없이 물살을 가르고 힘차게 조도를 향해 나아갔다. 하얀 포말 자국을 남기며 힘차게 미끄러지듯 나아가는 배 위에서 바라보는 진도 앞바다는 잔잔했다. 맹골 수역으로 악명(?) 높은 바다는 조도와는 떨어져 있다고 해서 조금은 안심이 되었다. 잔잔한 바다도 어느 수역에 이르면 무서운 바다가 된다는 것이 이해가 되지 않을 정도로 바다는 평화로운 분위기를 연출하고 있었다.

좌석 형태의 선실과 온돌방 형식의 두 개의 선실 중 우리는 온돌방 선실을 택했다. 시골집에 온 듯한 느낌이 좋았다. 모두들 말없이 큰 대자로 누웠다. 미끄러지듯 나아가는 배 위에 누운 느낌이 조금 묘했다. 잔잔한 엔진음이 들렸고 배는 약간의 미동만 느낄 정도로 안온했다. 저절로 눈이 감기고 잠시 용궁으로 떠나는 꿈을 꾸었다.

40여 분 걸려서 도착한 조도 창유항은 작았다. 어촌이라기보다는 시골 마을 같은 느낌이 들었다. 한려해상국립공원에 포함된 조도는 크게 상조도, 하조도 2개의 섬으로 이루어져 있고 1997년 조도대교가 개통되자 두 섬이 연결되어 하나의 섬인 양 자리 잡았다. 얼마 전 부속 섬 나배도에도 다리가 놓여져 3개의 섬이 하나의 큰 섬으로 변모하여 명실상부한 조도군도의 대장 섬이 되었다고 한다. 섬을 탐방하면서 생동감 넘치는 바다와 산 그리고 다도해의 풍광을 보고 느끼면서 대한민국의 품이 결코 작지 않다는 것을 다시 한번 온몸으로 느꼈다.

어디든 바다를 바라보는 곳에 잠시 앉아 바다 멍을 때려도 좋을 만큼 바다가 보여 주는 풍광은 대단했고 장엄했다. 특히 하조도 등대에서 신금산 등산로로 이어지는 곳, 높은 곳에 자리 잡은 전망대에서 바라본 바다는 장엄하면서도 아름다운 바다의 모습을 유감없이 보여 주고 있었다. 잠시 멍해질 수밖에 없는 풍광을 접하자 온몸이 전율하며 반응한 경험은 아주 오래도록 기억될 듯했다.

대표적인 명승지로는 하조도 등대, 도리산 전망대, 신전 해수욕장이 있고 그 외도 볼만한 곳들이 많았다. 절정을 향해 나아가는 동백꽃 들이 지천으로 피어 있는 모습이 바다와 대비되어 묘한 향수

를 불러일으켰다. 토종 동백이어서 꽃의 크기는 작았지만 생김새는
서양 동백보다 더욱 요염했고 수수한 표정 또한 감추지 않았다.

순수의 상징 동백 꽃

동백섬이라고 불러도 될 만큼 지천으로 피어 있는 동백꽃을 보는 느낌이 좋았다. 1년간 볼 동백을 이곳에 와서 다 본 것 같은 느낌이 들었다. 누군가 낮은 소리로 이미자의 〈동백 아가씨〉를 부르자 일심동체로 돌아간 듯 일행들 모두 따라 했다. 함께 부르는 이미자의 〈동백 아가씨〉 노래가 가슴에 절절히 아로새겨졌다. 찬란한 봄에 이곳을 찾은 우연에 감사했다.

(2023.3)

하조도 등대

조도 창유항에 내려 함께 동행한 승합차를 타고 제일 먼저 하조도 등대를 향했다. 잘 닦인 해안도로가 마음을 상쾌하게 했다. 신금산 등산로 입구 주차장에 차를 주차 후 하조도 등대까지 걸었다. 가는 길에 지천으로 피어 있는 동백꽃이 눈이 부셨다. 바다를 배경으로 길가에 가로수처럼 피어 있는 동백 군락의 전체적인 모습은 수수한 느낌이었지만 가까이서 바라본 동백꽃은 황금을 품은 요염한 붉은 색을 띤 모습으로 우아함을 마음껏 뽐내고 있었다. 수수한 아름다움 속에 빛나는 품격은 속을 알 수 없는 여자의 마음처럼 다가왔다.

절정을 향해 나아가는 동백꽃이 겨울을 보내는 진한 아쉬움과 봄을 맞는 기쁨을 동시에 보여 주고 있는 듯했다. 절정의 모습으로 툭 떨어져 낙화한 모습 그대로 땅 위에서 잠시 머물다 사그라지는 모습은 일편단심의 충절을 지닌 대장부의 기개를 닮았다. 가녀린 듯하면서도 강인함을 지닌 꽃으로 느껴졌다. 한국인의 정서를 그대로 투영한 듯 인동초처럼 느껴지는 동백꽃을 보면서 삶은 불꽃처럼 살다가 사라지는 것임을 다시 한번 뇌리에 새겼다.

하조도 등대(높이 48m)는 조도군도를 항해하는 배들의 안내자 역할을 톡톡히 하고 있는 중요한 등대라고 한다. 1909년에 만들어졌으니 100여 년의 역사를 자랑하는 유인 등대이다. 등대 주변에 있는 시설물들과 더불어 조도를 지키며 배들의 안내자 역할을 통해 제 몫을 단단히 하고 있었다. 시설물 안에 있는 전시관에는 하조도 등대의 역사와 세계 유명 등대에 대한 내용을 요약해서 잘 전시하고 있어 매우 유익했다. 하조도 등대의 탄생 배경에 대한 내용이 새로웠다.

진도와 하조도 사이, 이 해역의 조류의 빠르기는 서남해안에서 울돌목 다음으로 급류여서 야간에 사고 발생이 높기에 이를 막기 위해 세워졌다고 한다. 유인 등대로 운영하는 이유를 비로소 알게 되었다. 급류에 가까운 빠른 해류에 휩쓸리면 작은 배는 낭패를 면

할 수 없다. 인명사고가 자주 발생할 수 있는 위험한 수역이라는 것을 알았다. 평화로운 모습으로 잔잔히 흐르는 듯한 바다도 무서움을 잉태하고 있었다. 멀리서 보면 한 폭의 그림 같은 장면을 보여주는 우뚝 선 등대를 배경으로 일행들과 사진을 찍고 주변을 천천히 둘러보았다.

(2023.3)

한 폭의 그림 같은 하조도 등대

하조도 전망대(운림정)

하조도 등대가 있는 곳에서 바라보는 바다는 거대한 바다의 이미지가 물씬 풍겼다. 등대가 있는 지점이 서로 다른 바다의 해류가 합류하는 곳이어서인지 회오리 물살을 이루며 만들어 내는 하얀 포말 거품이 대단했고 소리도 우렁찼다. 한마디로 장관을 연출했다. 잔잔한 바다가 아닌 생동감 넘치는 바다를 여실히 보여 주고 있었다. 진도대교 앞바다인 울돌목을 연상케 했다. 거대한 두 해류가 만나서 만드는 소용돌이가 무섭게 느껴졌다.

등대에서 신금산(231m)으로 이어지는 등산로상의 높은 곳에 세운 전망대(운림정)에서 바라본 바다의 풍광은 한마디로 압권이었다. 호연지기를 느끼기에 충분할 정도로 바다의 크기와 위용이 대단했다. 전망대 뒤로는 멀리 해안을 따라 거대한 만물상 바위가 절벽을 이루며 서 있는 모습은 거제 해금강에 비유될 만큼 아름답고 황홀했다. 한 폭의 동양화가 따로 없었다. 신선이 사는 곳인 양 느껴졌다. 창조주의 위대함을 암묵적으로 보여 주고 있었다.

화창한 날씨가 받쳐 주자 눈부신 햇살이 만들어 내는 윤슬이 천상의 세계를 연출하고 있었다. 망망대해와 수많은 섬들을 전망대에서 바라보고 있으니 행복한 감정이 절로 일었다. 자연이 주는 안온함과 아름다움이 사람의 본성을 일깨워 주는 듯했다. 잠시 동안만 바다를 바라보고 있어도 힐링이 되었다. 머릿속 오만가지 잡념들이

운림정 전망대에서 바라본 남해

스르르 사라졌다.

　운림정 전망대에서 조금 더 직진하면 삼거리가 나오고 그곳에서 만물상으로 가는 길과 신금산 정상 가는 길로 갈라진다. 만물상까지는 왕복 20여 분 걸리고 신금산 정상까지는 편도 1시간 반 정도 소요된다고 하니 참고하셨으면 한다. 만물상까지만 보고 와도 좋고 운림정 전망대에서 바다 멍을 때리면서 바다를 감상해도 조도에 온 보람은 그 이상이지 않을까 싶다. 장엄한 바다가 주는 거룩함을 느껴 볼 수 있는 운림정 전망대서 바라본 바다 풍광은 오래도록 눈과 가슴속에 남을 듯했다.

(2023.3)

신전 해변(해수욕장)

　신전 해변은 하조도 등대에서 멀지 않았다. 작은 만으로 이루어진 해변이 무척 안온했다. 약 1㎞에 이르는 해변과 후면의 송림이 아늑했다. 아주 고운 입자의 세분모래로 형성되어 있는 것이 특이했다. 작은 돌들이 군데군데 혼재되어 있어 수영할 때는 조금은 조심해야 할 듯했다. 파도는 부드럽게 밀려왔다 갔다를 반복했다. 아이들이 물놀이하고 수영을 즐기기에는 아주 좋아 보였다. 일행 중한 명은 말없이 신발을 벗고 걸었다.

안온한 바다를 언제든 살갑게 느껴지는 일행들과 함께 천천히걷는 맛이 좋았다. 아무 생각 없이 천천히 걸어 본 것이 얼마 만인지…. 모두들 동심으로 돌아가 실없는 농담과 이야기들을 툭툭 던지며 주고받는 분위기가 마음의 긴장을 풀어 주고 서로의 친목을더욱 두텁게 해 주고 있다는 느낌을 갖게 했다. 마치 가족 같은 기분이 들었다. 아니, 사회에서 만났지만 자주 만나고 좋은 추억을 함께하는 시간이 쌓이다 보니 오래전 우리는 이미 가족 같은 관계가되었다.

좋은 곳에서 함께 여행을 같이하고 있다는 동질감은 서로의 유대를 더욱 끈끈하게 해 주고 있다는 느낌을 들게 했다. 송림이 끝나는곳에 나 홀로 새초롬하게 핀 연분홍 진달래가 환하게 웃으며 우리를 맞아 주었다. 올봄 처음 보는 진달래였다. 바다를 그리워했는지유독 홀로 연분홍 얼굴로 화장을 하고 바다를 향한 그리움을 표현하고 있었다. 바다를 향해 피어 있는 모습이 어린아이처럼 느껴졌다. 산에 피는 짙은 분홍의 진달래와는 달리 아주 연한 분홍색을 띠었다.

해변 한쪽 끝자락 부근에 나뒹구는 둥근 고무로 된 어구가 눈에 띄었다. 양식장에 쓰는 어구 같았다. 당초 둥근 형태의 어구였는데 어떤 충격으로 반으로 갈라져 마치 조선시대 수군들이 쓰는 모자 같은 느낌이 들었다. 갑자기 장난을 치고 싶다는 생각이 들어 조용히 집어 들고 일행 중 친한 지인에게 씌우자 그 모습을 모두가 보더니 모두들 배꼽을 잡고 웃었다. 멀쩡했던 사람이 둥근 모자를 쓰자 어리벙벙한 사람으로 비쳐졌기 때문이다. 미안한 마음에 모두들 돌아가며 한 번씩 모자를 쓰고 추억의 개인 사진을 남겼다. 잠시 동안 웃음꽃이 신전 해변에 만발했다.

차가 있는 곳으로 되돌아오며 다시 바다를 바라보았다. 제법 넓은 해변과 잔잔한 바다가 한 몸을 이루어 지상낙원을 연상케 했다. 날씨도 좋아 푸근한 이미지가 주변을 감싸 주며 우리의 마음을 편하게 했다. 바다의 차분함이 우리에게도 그대로 전달되어 수승화강(水昇火降)이 저절로 이루어졌다. 여행 중 쌓인 피로도 스르르 사라졌다. 신전 해변은 해수욕을 하기보다는 의자에 앉아 바다를 멍하니 바라보며 잔잔한 바다가 주는 푸근함과 고요함을 느끼기에 최상의 해변으로 여겨졌다. 이곳에 오실 기회가 있으면 그런 기회를 통해 삶의 새로운 전기를 마련해 보시길 권해 드리고 싶다.

(2023.3)

조용하고 안온한 신전 해변

상조도와 하조도

조도 최고의 전망을 자랑하는 도리산 전망대는 상조도에 있다. 하조도에서 상조도 가는 길이 운치가 있었다. 어촌 마을을 가로질러 가는 길에서 바라보는 풍경이 아늑했다. 하조도와 상조도를 잇는 조도대교가 꽤 아름다웠다. 멀리서 보면 마치 천상의 다리처럼 다가왔다. 1999년에 준공한 다리치고는 얼마 전 준공된 다리처럼 새것처럼 빛이 났다. 조도대교로 인해 상, 하조도가 비로소 한 몸이 되었다.

길지 않은 다리를 약 9년간에 걸쳐 지었다고 한다. 섬사람들에겐 무척 소중하고 편리함을 넘어 그 이상의 의미를 지닌 다리라고 했다. 서로 지척인데 큰돈과 시간을 들여 다리를 건설한 것에 대해 육지 사람들 입장에서는 이해하기 어려운 대목이 있을 수 있지만 섬에 거주하는 사람들에게는 대단히 중요한 역할을 하고 있는 것이 섬과 섬을 연결해 주는 다리라고 한다.

특히 상조도에 거주하는 사람 입장에서 더더욱 그렇다. 하조도가 규모도 커서 편의시설도 더 많고 진도로 왕래가 가능한 창유항이 있어 다리가 놓이기 전에는 상조도 주민들은 많은 불편을 감수해야만 했다고 한다. 큰돈이 들어가고 많은 예산이 들어가도 섬과 섬을 이어 주는 다리의 건설은 계속되어야만 하는 당위성 같은 것이 있다. 육지에서 생활하는 사람도 섬에서 1주일만 생활해 보면 금세 깨닫게 된다. 또한 섬과 섬이 이어지다 보니 관광객들도 더 늘어나 섬 주민들에게는 큰 수입원으로 작용한다는 것은 무척 고무적인 일이다.

최근에 준공된 나배대교는 하조도와 하조도, 상조도 사이에 있는 작은 섬인 나배도를 잇는 다리인데 상조도에 비해서 1/6 정도 크기에 불과한 섬임에도 불구하고 다리가 놓여 50여 가구가 사는 나배도에 생명줄이 연결되었다. 이로 인해 섬 주민들에게는 큰 힘이 되고 있다고 했다. 한창 때는 100여 가구 이상 살았던 나배도는 나배대교가 생기면서 고향을 떠나 전국 각지에서 살고 있는 자식들이 더욱 자주 찾는 계기가 되고 있다고 한다.

(2023.3)

나배도

나배도는 나배대교가 개통하기 전에는 외지로 나간 가족들이 1년에 한 번 오기도 힘든 곳이었다고 한다. 50여 가구의 생명줄이 연결되어 어려운 살림에도 반짝 희망이 솟구치고 있다고 한다.

육지 사람인 우리가 잘 모르는 사연이 숨어 있음을 이번 여행에서 알게 된 큰 소득이 있었다. 섬 여행은 원래 뚜벅이 여행이 제격이다. 천천히 걸으면서 곳곳을 두루 살펴야 제대로 섬을 보고 이해

아무튼, 여행
해남, 강진, 완도, 보길도, 진도

할 수 있지만 시간에 쫓겨 중요한 곳만 보고 가는 것이 우리들의 여행 패턴이지 않을까 싶다.

나배도는 작은 어촌마을로 형성되어 있다. 50여 가구에 불과해 마을을 둘러보니 나다니는 사람이 거의 없었다. 다리를 건너면 바로 넓은 주차장이 있고 전면으로 보이는 마을이 안온했다. 양지바른 자리에 위치한 마을에서 바다를 면한 담장에 예쁜 벽화가 그려져 있었다. 담장 아래 난간에 걸터앉아 벽화를 등지고 바다를 한동안 일행들과 바라보며 멍 때리는 시간을 가졌다. 바다가 무척 평화로웠다. 군데군데 떠 있는 섬들은 바다와 함께 멋진 정물화를 연출하고 있었다.

밝게 내리쬐는 햇살이 따뜻했다. 벽화를 배경으로 일행들과 사진을 찍고 마을 일대를 천천히 둘러보았다. 낮은 산이 마을을 감싸 주고 있어 마을 전체적인 분위기는 따뜻하고 안온했다. 마침 언덕을 향해 올라가고 있는 나이 지긋하신 여자분이 있어 잠시 환담을 나누었다. 이곳 조도에서 태어나서 자랐다고 하셨다. 자식들은 모두 타지로 떠났고 지금은 큰아들이 목포에서 살다가 얼마 전 이곳에 들어와 함께 사신다고 했다.

나배도 안내도

    다리가 놓여 이제는 자식들도 1년에 1, 2번 정도는 찾아온다고 한다. 다리 놓이기 전에는 아주 특별한 경우가 아니면 찾아오기 힘들었다고 했다. 어촌 살림은 바다에서 나는 톳과 미역 그리고 지금은 아주 귀한 해초가 된 뜸부기를 채취하여 팔아 생계를 이어 가고 있다고 한다. 뜸부기는 1kg에 10만 원 정도의 고가로 팔린다고 했다. 예전에는 미역, 톳과 더불어 가장 많이 채취했던 해초류인데 지금은 많이 귀해져서 가격이 엄청 비싸졌다고 한다.

    진도에서 맛본 뜸부기 갈비탕 맛집 주인이 이야기한 내용을 현지에서 확인한 셈이 되었다. 그나마 가격이 비싸지니 나배도 마을 사람들에게는 무척 중요한 수입원이 되고 있다고 한다. 가격이 올라 나쁜 점도 있지만 누군가에게는 이로운 점이 있다는 것을 새삼 알

아무튼, 여행
해남, 강진, 완도, 보길도, 진도

게 되었다. 두루 공평하게 살아가는 것이 중요한 것임을 창조주께
서는 이미 알고 때에 맞추어 적절히 조절하고 계시고 있다는 느낌
을 받았다.

(2023.3)

마을사람들의 순수함이 느껴지는 나배도 마을 벽화

도리산 전망대 1

진도군도에 속하는 조도에 와서 이번에는 중요한 곳만 둘러보았
지만 다음에 이곳을 찾을 기회가 주어지면 이곳에 2, 3일 묵으면서
뚜벅이 여행을 하고 싶다. 도리산 전망대가 있는 상조도는 당도마

을을 비롯하여 6개의 마을이 있는데 마을마다 각자 아름다운 곳 1, 2곳을 품고 있다. 동구마을 가는 길에 있는 황근 정좌에는 국내 유일 토종 무궁화인 황근이 서식하고 있는데 주지하다시피 멸종위기 야생생물 2급이며 제주도 및 전남 해안 일부와 도서 지역 해안가에 드물게 자라는 아주 귀한 생물이기에 꼭 보고 가셨으면 한다.

무궁화가 피는 7~8월경이면 제격이지 않을까 싶다. 3년 전 제주 성산에서 황근을 처음 보고 토종 무궁화가 있다는 사실을 새삼 알게 되었기에 조도에도 황근이 있다는 사실을 알고는 무척 반가웠다. 더불어 조도는 해풍 쑥으로 아주 유명하다. 전국 최대의 생산량을 자랑하는 섬답게 3월이면 섬 어디를 가든 쑥 천지였다. 어업 다음으로 섬 주민들의 소득에 크게 이바지하고 있다고 한다. 이곳에서 자라는 해풍 쑥으로 국을 끓여 먹거나 떡을 만들어 먹으면 아주 별미라고 한다. 갑자기 도다리 쑥국 생각에 입안에 군침이 돌았다. 3월에 오시면 이곳에서도 도다리 쑥국을 먹을 수 있으니 참고하셨으면 한다.

동구마을에 있는 성모 마리아 상은 특별하다. 상조도에 인구가 많았던 시절 성당이 있던 자리에 성모 마리아 상만 남아 있다. 사랑의 화신 성모님께서 상조도 동구마을을 비롯해 조도 군도 전체를

도리산 전망대에서 바라본 한려해상국립공원

보살펴 주고 있다는 느낌이 들어 마음이 편안해졌다. 살아가기 쉽
지 않은 주민들의 섬 생활에 큰 위안을 주고 계실지 않을까 싶었다.
도리산 전망대와 이웃해 있는 여미마을의 여미 집안 해변 또한 볼
만하다. 바다를 끌어안고 있는 느낌이 드는 색다른 분위기를 보여
주는 해변이기에 이곳도 도리산 전망대를 보고 나서 꼭 한 번 들러
보시길 추천드린다.

  조도에서는 어느 산에 올라도 바다를 볼 수 있지만 그중 압권은
단연 도리산 전망대에서 보는 바다 조망이다. 해발 230m의 전망대
에서 서면 조도 군도가 사방으로 한눈에 들어온다. 새들이 곳곳에
둥지를 틀고 있는 형태를 보이고 있다는 느낌이 드는 한려해상국립
공원의 장관이 눈길을 사로잡고 사방으로 펼쳐진 바다 조망을 통해

느껴지는 호연지기는 답답했던 가슴을 뻥 뚫리게 하는 흔치 않은 체험을 할 수 있다.

(2023.3)

도리산 전망대 2

도리산 전망대는 육지에 있는 높은 산 정상에서 느끼는 호연지기와는 또 다른 색다름이 있어 몸과 마음을 새롭게 했다. 이런 곳에 전망대를 설치하고 자동차로 편하게 다녀올 수 있게 신경 써 준 진도군청 공무원분들을 비롯해 조도 주민분들과 기타 많은 관계자 여러분들께 깊은 감사를 드리고 싶었다. 내가 보기에 도리산 전망대에서 바라보는 바다 조망은 조도 군도 일대 최고의 전망처가 아닌가 싶었다.

수많은 섬들이 사방으로 펼쳐져 있는 모습을 보면서 대한민국은 결코 작은 나라가 아님을 다시금 실감했다. 외국인들이 이곳을 다녀간다면 대한민국에 대한 이미지가 한 단계 업그레이드되지 않을까 싶었다. 전망대 주변에 설치되어 있는 안내문에 있는 내용이 특이했다. 바실 홀(영국군 대령, 28세, 라이라호 함장)이라는 사람이 중국주재 영국대사 사절단을 이끌고 중국, 조선, 일본 등지를 탐사차 항해 도중 상조도에 정박한 후 섬 정상에 올라 다도해에 펼쳐진 수많은 섬들을 보고는 "세상의 극치이자 지구의 극치"라고 외칠 정도로 그 아름다움에 매료되었다고 한다. 10일간의 조선 항해기를 그동안의 항해기에 함께 모아《조선해양 및 류큐섬 항해기》에 기록하였다고 한다(1818년 영국에서 출간).

외국인들도 반할 정도의 경치와 풍광을 지닌 조도는 도리산 전망대에 서면 그 진가를 알 수 있다. 진도에 오시거든 필히 조도와 관매도 정도는 꼭 둘러보시길 강추드리고 싶다. 3, 4월이나 9, 10월에 찾으면 더욱 그 아름다운 절경에 감탄을 금할 수밖에 없지 않을까 싶다. 여행을 통해 나그네는 점점 애국자가 되어 가는 듯하다. 국토 사랑에 빠지면 절로 애국자가 되는 것이 어려운 일이 아닐 것이다.

아름다운 국토 곳곳에 살고 있는 한국인들의 사는 모습을 보고 느끼면서 지금 살고 있는 나 자신과 많은 것을 비교하게 된다. 묵묵히 어려운 환경 속에서도 자기 터전을 지키면 살아가는 범부들의 삶을 통해서 겸손함을 배운다. 살아가는 것이 쉽지 않음을 새삼 인식하게 되고 소중한 삶을 어떻게 사는 것이 지혜로운 삶인지도 문

득 다시 돌아보게 하는 여행은 모든 이들에게 선택이 아닌 필수가
되어야 하지 않을까 싶었다.

(2023.3)

조도의 아름다움을 극찬한 바실 홀(영국군 해군대령)

전망대에서 바라본 한려해상국립공원

동석산 1

진도의 명산 동석산은 219m에 불과했지만 절대로 만만하게 볼 산이 아니었다. 이미 다녀온 사람들이 이구동성으로 위험하면서도 힘들지만 조망만큼은 최고라고 하는 이야기를 처음 들었을 때 219m에 불과한 산에 대해서 너무 엄살이 심한 것이 아닌가 하는 의심이 들었다. 3년 전에 진도 토박이 친구와 천종사를 들머리로 해서 올라 종성교회 방면으로 짧은 코스를 타 보았기에 어느 정도 감은 있었지만 막상 종주를 하고 나서는 동석산에 대한 인식을 새롭게 해야 했다.

3년 전 진도 토박이인 친구도 동석산은 우리 때문에 처음 오른다고 해서 이해가 되지 않았고 국내 등산인이라면 누구나 이름은 들어 알 정도로 유명한 산임에도 진도 토박이인 친구가 올라 보지 않았다는 자체가 기이하게 느껴졌지만 등산을 하고 나서는 그럴 수도 있겠구나 하는 생각을 하게 되었다. 그만큼 난이도가 꽤 있었다. 종주 산행거리는 불과 4.5㎞에 불과했지만 산행시간은 거의 5시간을 육박했기 때문이다. 들머리를 천종사로 잡고 올라도 동석산 정상까지 0.4㎞을 가는 데 무려 1시간 이상 소요될 정도로 동석산 산행은 일반 산행과는 확연히 달랐다. 암릉을 타야 하는 코스여서 시간도 많이 소요되고 암릉 산행은 일반 산에 비해 체력소모도 많기에 이 점을 고려해서 산행하시길 권해 드리고 싶다.

산행은 대부분 종성교회 방면으로 올라 종주할 경우는 세방낙조 전망대까지 5시간 남짓 소요될 수 있음을 감안하시고 산행하시면 도움이 될 듯싶다. 4.5㎞ 정도의 거리를 5시간 남짓 걸어야 하기에 결코 쉽지 않은 산행 코스임을 미리 알려 드린다. 통상 일반 산이라면 2시간 30분 정도면 대충 마무리할 수 있지만 두 배의 시간이 소요된다는 것을 말씀드리고 싶다. 일부 구간은 오르내리막을 반복해야 하고 위험한 구간이 많아 운행속도가 더딜 수밖에 없는 것도 시간을 까먹게 하는 데 크게 한몫을 하고 있음을 유념해 주셨으면 좋겠다.

우리는 천종사 방면을 들머리로 잡았다. 천종사는 사찰 규모는 크지 않지만 고즈넉하고 동석산을 배경으로 자리 잡은 모습이 여느 절과는 달랐다. 남향에 가까운 터여서 터가 주는 느낌도 안온했다. 동석산의 건장한 기운과 진도 바다와 진도 들녘이 주는 평화로운 기운 모두를 품고 있는 사찰이라는 인상이 들었다. 조금 시간이 지나면 진도의 명찰로 거듭 나지 않을까 싶을 정도로 자리 잡은 터가 좋았다.

천종사 가는 길에 바라본 동석산의 위용

날카로운 암릉을 연결해 주는 하늘다리

진도의 대표적인 사찰인 첨찰산 쌍계사도 규모가 작아서 의아했는데 내가 보기엔 진도가 섬으로 자리매김되어 있고 수도권에서도 거리가 꽤 있어 자본이 이곳까지 영향을 미치려면 조금 더 시간이 필요해 보였다. 지금의 규모도 수행하기에는 큰 문제가 없기에 주지 스님께서 사찰 규모를 더 이상 키우는 것을 지양하고자 하는 뜻도 있지 않을까 싶었다. 사찰 주변과 내부를 조금만 정리해 단출하면서도 정갈한 느낌이 드는 사찰로 거듭나기를 속으로 간구했다.

(2023.3)

동석산 2

천종사 들머리는 3월의 동백이 아름답게 장식하고 있었다. 사람도 드물어 고즈넉한 기분으로 산행을 하는 맛이 좋을 것으로 추측했지만 그 시간은 길지 않았다. 바로 거대한 회색 바위가 나타나 동석산의 품 안에 들어온 것을 환영해 주는 듯했다. 암질은 주왕산 봉우리의 그것과 아주 유사했지만 색은 옅은 회색을 띠어 마치 코끼리 피부 같은 느낌이 들었다. 종성바위라고 부르는 바위를 옆에 끼고 오르막을 걷는 느낌이 좋았다. 7부 능선에 오르자 진도 들판이 아주 잘 조망되는 조망처가 나타났다.

 10분 남짓 올랐는데 벌써 조망이 대단했다. 간척을 해서 만들어진 네모반듯한 논들이 서로 어깨를 맞대고 있는 모습이 평화로웠다. 남도의 들녘이 주는 색다름에 모두들 감탄사를 연발했다. 산에 입문한 지 얼마 안 된 친구도 무척 좋아라 했다. 동석산이 위험하면서도 엄청 험하다는 귀동냥과 블로그 등에서 나온 이야기에 지레 겁을 먹고 자신은 우리가 산행을 하는 동안 동석산 둘레길 걷기를 하겠다는 것을 잘 어르고 달래 합류시켰는데 멋진 조망을 보고는 내심 안심을 하는 표정을 지었다.

 종성바위 조망처에서 가져온 간식들을 서로 나누고 들면서 잠시 웃음꽃을 피웠다. 잠시 후 닥칠 고생을 비웃기라도 하는 듯 목소리에 힘이 실렸다. 10여 분 휴식 후 다시 출발! 5분도 채 되지 않아 능선 길에 들어섰다. 우측으로 가는 길이 종주길인데 선두에 선 일행 일부는 그것도 모르고 종성교회로 이어지는 좌측 등산로 방향으로 잘못 올라 다시 내려오는 곤욕을 단단히 치렀다.

 그리 길지 않은 구간이지만 지그재그로 된 철 계단을 오르는 것도 위험했지만 내려오는 것은 더 위험했다. 고소공포증이 있는 사

동석산 능선에서 바라본 진도의 들과 바다

람이라면 극복하기 만만치 않아 보였다. 다행히 선두에 선 일행이
베테랑이었기에 망정이지 산에 입문한 지 얼마 되지 않은 친구였다
면 오르기는 했어도 다시 돌아 내려서기는 쉽지 않았을까 싶었다.
다행이다 싶었다. 이곳부터 본격적인 능선 산행이 시작이다. 다행
히도 진도군에서 위험한 구간은 양쪽으로 난간을 설치해 등산객들
을 배려해 주어 고마웠다.

그래도 일부 구간은 여전히 위험해 보였고 위험을 느끼게 하기에
충분했다. 대신 고소공포증만 없다면 그리 힘든 구간은 아니므로
겁먹으실 필요는 없을 듯싶다. 다소 위험한 곳이 있어 천천히 운행
해야 하기에 시간이 물 흐르듯 흘러갔다. 동석산 정상 가기 전 칼바
위 능선에 올라 다도해 풍광을 바라보는 것은 힘든 만큼 그 이상의

보람을 느끼기에 충분할 정도로 탁월한 조망을 보여 주었다.

(2023.3)

동석산 3

진도의 바다와 들판 그리고 산들이 조화를 이루고 있는 모습은 마치 선계를 연상케 했다. 해남 달마산에 올라 본 조망과 비견할 만했다. 모두들 좋아라 했다. 각자의 휴대폰에 진도의 자연을 담아내느라 여념이 없었다. 종주 방향으로 펼쳐지는 동석산의 거대한 등뼈는 마치 설악산의 공룡능선을 닮았다. 거리상으로는 분명 얼마 남지 않은 정상은 아직 보이지 않았다. 이정표 거리에 단단히 속은 느낌이 들었지만 다도해의 멋진 풍광을 감상하기에 바빠 기분은 나쁘지 않았다.

칼날 같은 바위에서 다시 밧줄을 타고 내려와 암릉 옆길을 얼마간 걷자 드디어 정상석이 있는 동석산 정상에 섰다. 219m라고 쓰여 있는 정상석 크기는 앙증맞을 정도로 작았다. 일행들 모두 인증샷을 찍고 각자 개인별로 독사진을 찍었다. 여기서도 주변을 천천히 그리고 충분히 한려해상국립공원의 풍광을 만끽했다. 종주 등산로는 암릉 길과 일반 숲길이 반복되었다. 일부 암릉 길은 사다리 등 안전시설이 설치되지 않아 암릉을 타고 갈 수 없어 암릉 길을 우회하는 쪽으로 등산로가 되어 있어 오르락내리락하느라 시간이 많이 소요되었다.

진행하다가 암릉 능선에 서면 새롭게 보이는 풍광 때문에 사진 찍으랴 감상하랴 시간이 많이 지체될 수밖에 없었다. 조망이 없는 숲길을 걸을 때만 속도를 낼 수 있었다. 중간중간 가는 길에 피어 있는 진달래의 고운 자태가 우리에게 희망을 품게 해 주었다. 가녀린 모습이지만 해맑은 표정으로 우리들을 반갑게 맞아 주며 응원해 주고 있는 듯했다. 연초록 잎들이 움트기 전에 봄의 전령사를 자처하는 진달래가 진도의 해풍을 맞고 자라서인지 유난히 색이 짙고 고왔다. 암릉 길이 끝나 가는 구간에 오자 고즈넉한 느낌이 드는 숲길이 나타났다. 우렁찬 교향악이 끝나고 안단테 풍의 잔잔한 음악이 깔리는 느낌이 들었다.

조용히 명상하며 걷기에 안성맞춤인 길이다. 어려움을 이겨 낸 사람만이 느낄 수 있는 포만감이 밀려왔다. 가학마을 이정표가 있는 곳까지 제법 길이 길었다. 가학마을 이정표 삼거리에서 잠시 고민

했다. 직진해 셋방 낙조대까지 갈 것인지, 가학마을로 내려설 것인지 생각하고 있는 차에 뒤따라온 산린이를 자처하는 친구가 이제는 더 이상은 못 가겠다고 했다. 더 가면 무릎에 문제가 생길 것 같다고 엄살(?)을 피웠다. 시간도 이미 3시간 반을 훌쩍 넘기고 있었다.

직진하면 1시간 반 정도는 더 가야 했기에 이 정도에서 멈추기로 하고 가학마을로 내려섰다. 무리하면 반드시 사고가 나기 마련이기에 적당한 선에서 멈추는 것도 바람직한 일이라고 속으로 위안을 삼았다. 종주하지 못한 아쉬움을 맛난 점심으로 대체하기로 하고 진도 토박이 친구가 미리 예약한 맛집으로 향했다. 힘들었지만 큰 것을 해냈다는 친구의 표정에서 흐뭇한 미소를 보았다. 늦었지만 산에 조금씩 적응해 가는 친구가 대견스럽게 느껴졌다. 작은 것이라도 도전은 늘 아름다운 것임을 다시금 깨달았다.

(2023.3)

거대한 암릉미를 자랑하는 동석산

쉽지 않았던 동석산 능선 산행

우리나라 남쪽 고장의 그림 같은 자연환경과 문화 유적지 그리고 아름다운 섬들을 답사한 내용을 모아 짧은 글로 여행 수필 형식으로 썼습니다. 졸필이지만 편안한 마음으로 읽어 주셨다면 제게는 큰 기쁨이 될 것입니다. 읽는 시간 동안만이라도 우리나라의 국토와 자연을 사랑하는 마음을 가지게 된다면 그보다 더한 영광은 없을 듯합니다.

국토 대장정은 아닐지라도 일하면서 틈틈이 우리나라 곳곳의 문화유산과 자연을 찾아다니며 시간이 나는 대로 기록으로 남기고 있습니다. 쉽지 않은 일이지만 즐겁고 보람 있는 일이라 생각하니 꾸준히 하게 됩니다. 이를 통해 우리 국토의 아름다움에 눈뜨게 되는 분들이 많아지기를 소망해 봅니다. 우리나라의 아름다운 자연과 더불어 곳곳에 살아 숨 쉬는 문화유산을 찾아 떠나는 여행을 통해서 여행은 곧 인문학임을 통감합니다.

어린 자제를 둔 분들께는 틈틈이 우리나라 곳곳을 돌아보는 가족 여행을 꼭 권해 드리고 싶습니다. 시간을 억지로라도 내어 가족여행을 정기적으로 다닐 수만 있다면 자제들 인성교육은 별도로 할 필요가 없음을 확신합니다. 여행을 통해 가족과의 추억도 만들고 가족 간 애정이 듬뿍 담긴 진심 어린 대화로 서로에 대한 믿음과 가족 간 이해를 깊게 만들어 두면 가족들 간 정서적인 안정은 물론 굳건한 유대를 지닌 가정을 만드는 데 크게 일조할 수 있을 것입니다.

문명이 발달할수록 상대적으로 개인의 삶은 피폐해지고 마음의 여유도 점점 없어져 가고 있습니다. 또한 사람은 익숙함에 취해 있으면 사고가 마비된다고 합니다. 여행과 문화답사를 통해 국토 사랑과 더불어 나와 가정을 지키는 요술 방망이로 활용해 보시기를 권해 드립니다. 일에 파묻혀 사는 것 또한 의미 있고 보람 있는 일이지만 가족과 함께하는 시간을 많이 만들어 가는 삶이 결국은 성공한 삶으로 회자되는 세상이 곧 오지 않을까 싶습니다. 성공한 실패인보다 진정한 성공인을 추구하는 분이라면 한 번쯤은 자신을 성찰하는 기회로 여행을 통해 그런 시간을 가져 보시길 진심으로 권해 드리고 싶습니다.

2024.11.